TRANZLATY

Language is for everyone

A linguagem é para todos

The Call of Cthulhu

O Chamado de Cthulhu

H.P. Lovecraft

English
Português do Brasil

www.tranzlaty.com

The Horror Made of Clay
O Horror Feito de Barro

There is one thing I find particularly merciful.
Há uma coisa que considero particularmente misericordiosa.
The inability of the human mind to correlate events.
A incapacidade da mente humana de correlacionar eventos.
It's a blessing that we can't understand the world.
É uma bênção não conseguirmos entender o mundo.
We live blissfully on a placid island of ignorance.
Vivemos em plena felicidade numa plácida ilha de ignorância.
An island in the midst of black seas of infinity.
Uma ilha em meio a mares negros infinitos.
And it was not meant that we should voyage far.
E não era para que fizéssemos uma viagem para muito longe.
The sciences each strain in their own directions.
As ciências seguem cada uma seu próprio caminho.
But hitherto science's findings have harmed us little.
Mas até agora as descobertas da ciência nos prejudicaram pouco.
But some day dissociated knowledge will be pieced together.
Mas algum dia o conhecimento dissociado será reunido.
Terrifying vistas of reality will open up to us.
Visões aterrorizantes da realidade se abrirão diante de nós.
And we will be left in a frightful vantage point.
E ficaremos numa posição de vantagem assustadora.
We will either go mad from the revelation we are given.
Ou enlouqueceremos com a revelação que nos for dada.
Or we will flee from the deadly light that we will see.
Ou fugiremos da luz mortal que veremos.
We will run from the knowledge we had always pursued.
Fugiremos do conhecimento que sempre buscamos.
And we will seek the peace and safety of a new dark age.
E buscaremos a paz e a segurança de uma nova era das trevas.
Theosophists have guessed at the scale of the cosmos.
Os teosofistas fizeram estimativas da escala do cosmos.

Our world is but a transient incident in this cycle.
Nosso mundo não passa de um incidente passageiro neste ciclo.
The human race plays but a little role in the universe.
A raça humana desempenha um papel pequeno no universo.
The theosophists have hinted at strange methods of survival.
Os teosofistas insinuaram métodos estranhos de sobrevivência.
But their suggestions would freeze a rational man's blood.
Mas as sugestões deles gelariam o sangue de um homem racional.
Only the optimism of their ideas hides the horror.
Apenas o otimismo de suas ideias esconde o horror.
But it is not their ideas that chill me the most.
Mas não são as ideias deles que mais me assustam.
It is something else that fills me with terror.
É outra coisa que me enche de terror.
The single glimpse of forbidden eons I have seen.
O único vislumbre de eras proibidas que eu pude presenciar.
When I think of what I saw my blood stands still.
Quando penso no que vi, meu sangue gela.
Restlessness plagues my dreams since that glimpse.
A inquietação atormenta meus sonhos desde aquele vislumbre.
It came to me like all dreaded glimpses of truth.
Isso me atingiu como todos os temidos vislumbres da verdade.
An accidental piecing together of separated things.
Uma junção acidental de coisas separadas.
An old newspaper item and the notes of a dead professor.
Um antigo artigo de jornal e as anotações de um professor falecido.
In a flash everything was pieced together before me.
Num instante, tudo se encaixou diante de mim.
I hope no one else will accomplish this terrible insight.
Espero que ninguém mais chegue a essa terrível conclusão.
Certainly, if I live, I shall never help anyone to know it.

Certamente, se eu viver, jamais ajudarei alguém a saber disso.

I shall never knowingly supply a link in so hideous a chain.

Eu jamais, conscientemente, contribuirei para uma corrente tão horrenda.

I think that the professor, too, intended to keep silent.

Penso que o professor também pretendia manter-se em silêncio.

He didn't mean to share the secrets that he knew.

Ele não tinha a intenção de compartilhar os segredos que conhecia.

And I'm sure he would have destroyed his notes.

E tenho certeza de que ele teria destruído suas anotações.

If he had not been seized by sudden and suspicious death.

Se ele não tivesse sido vítima de uma morte súbita e suspeita.

***

My knowledge of the thing began in the winter of 1926-27.

Meu conhecimento sobre o assunto começou no inverno de 1926-27.

My great-uncle was the professor George Gammell Angell.

Meu tio-avô era o professor George Gammell Angell.

He was the Professor Emeritus of Semitic languages.

Ele era professor emérito de línguas semíticas.

He lectured in Brown University, Providence, Rhode Island.

Ele ministrou palestras na Universidade Brown, em Providence, Rhode Island.

His death, at the age of ninety-two, triggered the event.

Sua morte, aos noventa e dois anos, desencadeou o evento.

He was widely known as an authority on ancient inscriptions.

Ele era amplamente conhecido como uma autoridade em inscrições antigas.

Heads of prominent museums came to him for his expertise.

Diretores de museus renomados o procuravam em busca de sua experiência.

So his death was noticed by many within academic circles.

Assim, sua morte foi notada por muitos nos círculos acadêmicos.

Interest was intensified by the obscurity of his death.

O interesse foi intensificado pela obscuridade em torno de sua morte.

It occurred as he was disembarking from the Newport boat.

O incidente ocorreu quando ele estava desembarcando do barco em Newport.

Witnesses say a dark nautical-looking fellow had jostled him.

Testemunhas disseram que um indivíduo moreno, com aparência de marinheiro, o empurrou.

After being stricken, he fell suddenly, witnesses say.

Após ser atingido, ele caiu repentinamente, segundo testemunhas.

Physicians were unable to find any visible disorder.

Os médicos não conseguiram encontrar nenhuma desordem visível.

After some perplexed debate they reached their conclusion.

Após algum debate perplexo, eles chegaram à sua conclusão.

"It must have been a lesion of the heart," they agreed.

"Deve ter sido uma lesão cardíaca", concordaram eles.

"After all, he was rather an elderly man," they added.

"Afinal, ele já era um homem de idade avançada", acrescentaram.

"the brisk ascent of the steep hill caused his end."

"A subida íngreme e abrupta da colina causou sua morte."

At the time I saw no reason to dissent from this dictum.

Naquele momento, não vi motivo para discordar desse princípio.

But latterly I am inclined to wonder about their conclusion.

Mas ultimamente tenho me questionado sobre a conclusão deles.

And I do more than just wonder if they were right.

E eu faço mais do que apenas me perguntar se eles estavam certos.

***

My grand-uncle died alone as a childless widower.
Meu tio-avô morreu sozinho, viúvo e sem filhos.
And so I became heir and executor to his possessions.
E assim me tornei herdeiro e executor de seus bens.
So I was expected to go over his papers and writings.
Então, esperava-se que eu analisasse seus documentos e escritos.
I moved his entire set of files and boxes to my Boston home.
Mudei todos os arquivos e caixas dele para minha casa em Boston.
Much of the materials I collected will later be published.
Grande parte do material que coletei será publicado posteriormente.
Many academics in his field took great interest in his work.
Muitos acadêmicos de sua área demonstraram grande interesse em seu trabalho.
The American archeological society relied on him greatly.
A sociedade arqueológica americana dependia muito dele.
But there was one box which I found exceedingly puzzling.
Mas havia uma caixa que me deixou extremamente intrigado.
I felt much averse from showing these files to other eyes.
Senti muita aversão em mostrar esses arquivos a outras pessoas.
The box had been locked, unlike the other boxes.
A caixa estava trancada, ao contrário das outras caixas.
And initially I found no key that would open this box.
E inicialmente não encontrei nenhuma chave que abrisse esta caixa.
But then the location of the key occurred to me.
Mas então me lembrei da localização da chave.
The professor always carried a keyring in his pocket.
O professor sempre carregava um chaveiro no bolso.
It was indeed one of these keys that opened the box.
Foi de fato uma dessas chaves que abriu a caixa.
But in the box was a still more closely locked barrier.

Mas dentro da caixa havia uma barreira ainda mais bem trancada.

What could be the meaning of the queer bas-relief?

Qual poderia ser o significado do baixo-relevo queer?

Various paper cuttings accompanied the bas-relief.

Diversos recortes de jornal acompanhavam o baixo-relevo.

What did the disjointed jottings and ramblings allude to?

A que se referiam aquelas anotações e divagações desconexas?

Had my uncle become credulous to superficial impostures?

Teria meu tio se tornado crédulo a imposturas superficiais?

Perhaps in his later years his criticalness thought slowed.

Talvez em seus últimos anos seu pensamento crítico tenha diminuído.

Someone had disturbed this old man's peace of mind.

Alguém perturbou a paz de espírito daquele velho.

And so I resolved to locate the eccentric sculptor.

E assim, resolvi localizar o escultor excêntrico.

The man who set in motion my uncle's strange obsession.

O homem que deu início à estranha obsessão do meu tio.

***

The bas-relief was roughly shaped like a rectangle.

O baixo-relevo tinha aproximadamente a forma de um retângulo.

The rectangular shape was less than an inch thick.

A forma retangular tinha menos de uma polegada de espessura.

And the bas-relief was about five by six inches in area.

E o baixo-relevo tinha cerca de cinco por seis polegadas de área.

It was obvious that the bas-relief was of modern origin.

Era óbvio que o baixo-relevo era de origem moderna.

The designs, however, were far from modern in atmosphere.

Os projetos, no entanto, estavam longe de ter uma atmosfera moderna.

The inscriptions suggested a far older civilization.

As inscrições sugeriam uma civilização muito mais antiga.
The vagaries of cubism and futurism were many and wild.
As vicissitudes do cubismo e do futurismo eram muitas e imprevisíveis.
But normally such patterns fail to produce regularity.
Mas, normalmente, esses padrões não conseguem produzir regularidade.
The cryptic regularity which lurks in prehistoric writing.
A regularidade enigmática que se esconde na escrita pré-histórica.
This regularity was certainly present in the bas-relief.
Essa regularidade certamente estava presente no baixo-relevo.
I was certain the inscriptions represented a writing system.
Eu tinha certeza de que as inscrições representavam um sistema de escrita.
I had some familiarity with the papers of my uncle.
Eu tinha alguma familiaridade com os documentos do meu tio.
And I had looked through all of his collections and works.
E eu examinei todas as suas coleções e obras.
But I failed to find any writing that was similar.
Mas não consegui encontrar nenhum texto semelhante.
I could not geographically place this alphabet in any way.
Não consegui localizar geograficamente esse alfabeto de forma alguma.
Nor could I guess from what time this writing came from.
Também não consegui adivinhar de que época era esse texto.
Above these apparent hieroglyphics there was a figure.
Acima desses aparentes hieróglifos havia uma figura.
The figure was evidently only of pictorial intent.
A figura era evidentemente apenas de caráter ilustrativo.
The impressionism of the picture added to the mystery.
O impressionismo da pintura aumentou o mistério.
No clear idea of the creature's nature could be discerned.
Não foi possível discernir uma ideia clara da natureza da criatura.
The creature seemed to be a monster, of some sort.

A criatura parecia ser um monstro, de algum tipo.
Or the symbol represented a monster, of some sort.
Ou o símbolo representava um monstro, de algum tipo.
Only a diseased mind could conceive of such a form.
Somente uma mente doentia poderia conceber tal forma.
My imagination yielded different pictures simultaneously.
Minha imaginação produzia imagens diferentes simultaneamente.
But my imagination may also be somewhat extravagant.
Mas talvez a minha imaginação também seja um tanto extravagante.
An octopus, a dragon, and also a human caricature.
Um polvo, um dragão e também uma caricatura humana.
I shall try not be unfaithful to the spirit of the thing.
Procurarei não ser infiel ao espírito da coisa.
A pulpy, tentacled head surmounted a scaly body.
Uma cabeça carnuda e tentaculada encimava um corpo escamoso.
Rudimentary wings protruded from the grotesque shape.
Asas rudimentares sobressaíam da forma grotesca.
But the shape of the monster wasn't even the worst part.
Mas a forma do monstro nem era a pior parte.
The background of the picture was even more frightening.
O fundo da imagem era ainda mais assustador.
The scenery had a vague suggestion of another civilization.
A paisagem sugeria vagamente a presença de outra civilização.
Cyclopean architecture from a forgotten part of the world.
Arquitetura ciclópica de uma parte esquecida do mundo.

***

Only some notes and press cuttings accompanied the oddity.
Apenas algumas anotações e recortes de imprensa acompanharam a estranheza.
The press cuttings seemed to be only vaguely related.

Os recortes de imprensa pareciam ter apenas uma relação vaga com o assunto.

The hand written notes were all from my uncle.

Todas as anotações manuscritas eram do meu tio.

But his notes made no pretense to any literary style.

Mas suas anotações não faziam qualquer pretensão de estilo literário.

There was no ordering mechanism to any of the papers.

Não havia nenhum mecanismo de encomenda para nenhum dos artigos.

Although there seemed to be a master document to the notes.

Embora parecesse haver um documento principal que regesse as anotações.

This document was ascribed to the cult of Cthulhu

Este documento foi atribuído ao culto de Cthulhu.

The word's letters had been painstakingly written out.

As letras da palavra haviam sido escritas meticulosamente.

There should be no erroneous reading of the unheard of word.

Não deve haver nenhuma leitura errônea da palavra desconhecida.

This Cthulhu manuscript was divided into two sections;

Este manuscrito de Cthulhu foi dividido em duas seções;

The first manuscript was titled the following:

O primeiro manuscrito tinha o seguinte título:

"1925 - Dream and Dream Work of H. A. Wilcox"

"1925 - Sonho e Obra Onírica de HA Wilcox"

"7 Thomas St., Providence, Road Island"

"7 Thomas St., Providence, Road Island"

And the second manuscript was titled the following:

E o segundo manuscrito tinha o seguinte título:

"Narrative of Inspector John R. Legrasse"

"Narrativa do Inspetor John R. Legrasse"

"121 Bienville St., New Orleans, 1908 Meetings."

"121 Bienville St., Nova Orleans, 1908 Reuniões."

"Notes on Same, & Prof. Webb's account of events"

"Notas sobre Same e o relato dos eventos pelo Prof. Webb"
The other manuscript papers were all brief notes.
Os demais trabalhos manuscritos eram todos notas breves.
Some manuscripts described the queer dreams of different persons.
Alguns manuscritos descreviam os sonhos estranhos de diferentes pessoas.
Some manuscripts cited from theosophical books and magazines.
Alguns manuscritos citados foram extraídos de livros e revistas teosóficas.
Notably, most of these citations were from W. Scott-Eliott.
Vale ressaltar que a maioria dessas citações era de W. Scott-Eliott.
Mainly the notes referenced Atlantis and the Lost Lemuria.
As anotações faziam referência principalmente à Atlântida e à Lemúria Perdida.
The other notes commented on long-surviving secret societies.
As outras anotações faziam comentários sobre sociedades secretas que sobreviveram por muito tempo.
Hidden cults that may or may not still exist somewhere.
Cultos secretos que podem ou não ainda existir em algum lugar.
Two books seemed to provide most of the information;
A maior parte das informações parecia vir de dois livros;
Miss Murray's Witch-Cult in Western Europe.
O culto de bruxas da Srta. Murray na Europa Ocidental.
This book thoroughly detailed Mythological sources.
Este livro detalha minuciosamente as fontes mitológicas.
And Frazer's Golden Bough provided anthropological sources.
E o livro "O Ramo de Ouro" de Frazer forneceu fontes antropológicas.

***

The cuttings largely alluded to outré mental illnesses.
Os recortes faziam alusão, em grande parte, a doenças mentais bizarras.
Outbreaks of group folly and mania in the spring of 1925.
Surtos de loucura e mania em grupo na primavera de 1925.
The first half of the manuscript told a very peculiar tale.
A primeira metade do manuscrito contava uma história muito peculiar.
1925, the 1st of March, a thin dark young man came to my uncle.
Em 1º de março de 1925, um jovem magro e moreno veio visitar meu tio.
The manuscript describes his neurotic and excited aspect.
O manuscrito descreve seu lado neurótico e agitado.
And he bore with him the strange bas-relief.
E carregava consigo o estranho baixo-relevo.
At that time the bas-relief was exceedingly damp and fresh.
Naquela época, o baixo-relevo estava extremamente úmido e fresco.
His card bore the name of Henry Anthony Wilcox.
Seu cartão trazia o nome de Henry Anthony Wilcox.
And my uncle had slightly recognized who he was.
E meu tio o reconheceu vagamente.
He was the youngest son of an excellent family.
Ele era o filho caçula de uma família excelente.
Latterly he had been studying sculpture at Rhode Island.
Ultimamente, ele vinha estudando escultura em Rhode Island.
He lived alone at the Fleur-de-Lys Building.
Ele morava sozinho no Edifício Fleur-de-Lys.
His residences were near the university.
Suas residências ficavam perto da universidade.
Wilcox was a precocious youth of known genius.
Wilcox era um jovem precoce de reconhecido gênio.
But he was also known for his great eccentricity.
Mas ele também era conhecido por sua grande excentricidade.
From childhood he had excited the attention of others.
Desde criança, ele despertava a atenção dos outros.

He told of strange stories no one had told him about.
Ele contou histórias estranhas que ninguém jamais lhe havia contado.
And he was in the habit of relating strange dreams.
E ele tinha o hábito de relatar sonhos estranhos.
He described himself as "psychically hypersensitive".
Ele se descreveu como "psiquicamente hipersensível".
But those around him had other descriptions for him.
Mas aqueles que o rodeavam tinham outras descrições dele.
They were staid folk of the ancient commercial city.
Eles eram pessoas sérias da antiga cidade comercial.
And they dismissed him as merely strange and "queer".
E o descartaram como simplesmente estranho e "esquisito".
And so he never mingled much with his kind.
E assim ele nunca se misturou muito com os de sua espécie.
And he had dropped gradually from social visibility.
E ele foi desaparecendo gradualmente da visibilidade social.
Now he is known only to a small group of esthetes.
Agora ele é conhecido apenas por um pequeno grupo de estetas.
And those who knew him came mostly from other towns.
E aqueles que o conheciam vinham, em sua maioria, de outras cidades.
Even the Providence art club had found him quite hopeless.
Até mesmo o clube de arte de Providence o considerava um caso perdido.
Of course they were anxious to preserve their conservatism.
É claro que eles estavam ansiosos para preservar seu conservadorismo.

***

The professor's manuscript continued to describe the visit.
O manuscrito do professor prosseguia descrevendo a visita.
The sculptor abruptly asked for his host's archeological knowledge.

O escultor, de repente, pediu ao seu anfitrião que
compartilhasse seus conhecimentos de arqueologia.
He wanted him to identify the hieroglyphics on the bas-relief.
Ele queria que ele identificasse os hieróglifos no baixo-relevo.
He spoke in a dreamy and rather stilted manner.
Ele falava de maneira sonhadora e um tanto afetada.
His speech suggested pose and alienated sympathy.
Seu discurso sugeria afetação e afastava a simpatia do público.
And my uncle showed some sharpness in his reply.
E meu tio mostrou certa aspereza em sua resposta.
Because the bas-relief was still conspicuously freshness.
Porque o baixo-relevo ainda apresentava um frescor notável.
So there was no need for any kinship with archeology.
Portanto, não havia necessidade de qualquer afinidade com a
arqueologia.
Young Wilcox's rejoinder was of a fantastically poetic cast.
A réplica do jovem Wilcox tinha um caráter fantasticamente
poético.
My uncle must have been impressed with the reply.
Meu tio deve ter ficado impressionado com a resposta.
And he recorded the reply of Wilcox verbatim.
E ele registrou a resposta de Wilcox palavra por palavra.
"The bas-relief is indeed still conspicuously fresh."
"O baixo-relevo ainda se encontra visivelmente bem
conservado."
"Because I made this bas-relief last night, after a dream."
"Porque fiz este baixo-relevo ontem à noite, depois de um
sonho."
"A dream of strange cities and stranger people."
"Um sonho de cidades estranhas e pessoas ainda mais
estranhas."
"And dreams are older than brooding Tyros."
"E os sonhos são mais antigos que o taciturno Tyros."
"Dreams are older than the contemplative Sphinx."
"Os sonhos são mais antigos que a contemplativa Esfinge."
"And dreams are older than the garden-girdled Babylon."

"E os sonhos são mais antigos que a Babilônia cercada por jardins."
This type of speech turned out to be characteristic of him.
Esse tipo de discurso acabou se tornando característico dele.
It was then that he began that rambling tale.
Foi então que ele começou aquela história confusa.
The tale which suddenly played upon a sleeping memory.
A história que de repente despertou uma lembrança adormecida.
The tale that won the fevered interest of my uncle.
A história que despertou o interesse fervoroso do meu tio.

***

There had been a slight earthquake tremor the night before.
Na noite anterior, houve um leve tremor de terremoto.
The most considerable tremor New England had felt for some years.
O tremor mais significativo que a Nova Inglaterra sentiu em muitos anos.
Wilcox's imagination had been keenly affected by the earthquake.
A imaginação de Wilcox fora profundamente afetada pelo terremoto.
He had had an unprecedented dream of great Cyclopean cities.
Ele tivera um sonho sem precedentes de grandes cidades ciclópicas.
He dreamed of Titan blocks and sky-flung monoliths.
Ele sonhava com blocos titânicos e monólitos que se elevavam aos céus.
All the architecture was dripping with green ooze.
Toda a arquitetura estava encharcada de uma gosma verde.
And his dreams were sinister with latent horror.
E seus sonhos eram sinistros, carregados de horror latente.
Hieroglyphics had covered the walls and pillars.
Hieróglifos cobriam as paredes e os pilares.

From somewhere underneath there came a sound.
De algum lugar debaixo da terra veio um som.
The sound was of a voice, but it was not a voice.
O som era de uma voz, mas não era uma voz.
A chaotic sensation which only fancy could transmute into sound.
Uma sensação caótica que só a imaginação poderia transformar em som.
He attempted to say the almost unpronounceable word.
Ele tentou pronunciar a palavra quase impronunciável.
A jumble of unlikely letters; "Cthulhu fhtagn".
Uma mistura de letras improváveis; "Cthulhu fhtagn".
This verbal jumble was the key to my uncle's recollection.
Essa confusão verbal foi a chave para a lembrança do meu tio.
This strange sound excited and disturbed Professor Angell.
Esse som estranho excitou e perturbou o Professor Angell.
He questioned the sculptor with scientific minuteness.
Ele questionou o escultor com minúcia científica.
He studied the bas-relief with almost frantic intensity.
Ele estudou o baixo-relevo com uma intensidade quase frenética.
My uncle blamed his old age, Wilcox afterward said.
Meu tio atribuiu a culpa à idade avançada, disse Wilcox depois.
In his younger days he would have recognized the hieroglyphics.
Em sua juventude, ele teria reconhecido os hieróglifos.
The pictorial design wouldn't have puzzled his sharper mind.
O desenho pictórico não teria intrigado sua mente mais perspicaz.
Many of his questions seemed highly out of place to his visitor.
Muitas de suas perguntas pareceram extremamente inadequadas para o visitante.
He tried to connect him to strange mythological cults.
Ele tentou conectá-lo a estranhos cultos mitológicos.

He tried to get him to admit affiliation to secret societies.
Ele tentou fazê-lo admitir sua filiação a sociedades secretas.
My uncle even promised to keep his visitor's secret.
Meu tio até prometeu guardar segredo sobre o visitante.
"Are you not part of a widespread mystical group?"
"Você não faz parte de um grupo místico bastante difundido?"
"Are you not a member of a paganly religious body?"
"Você não é membro de uma organização religiosa pagã?"
Eventually he became convinced the sculptor wasn't a member.
Por fim, ele se convenceu de que o escultor não era membro.
He was indeed ignorant of any cult or system of cryptic lore.
Ele era realmente ignorante em relação a qualquer culto ou sistema de conhecimento enigmático.
He besieged his visitor with demands for future reports of dreams.
Ele importunou o visitante com exigências de futuros relatos de sonhos.
This strange request bore regular and interesting fruit.
Esse pedido estranho rendeu frutos regulares e interessantes.

***

After the first interview the manuscript records daily calls.
Após a primeira entrevista, o manuscrito registra as ligações diárias.
He related startling fragments of nocturnal imagery.
Ele relatou fragmentos surpreendentes de imagens noturnas.
There were always the same themes in his dreams.
Os temas dos seus sonhos eram sempre os mesmos.
A terrible Cyclopean vista of dark and dripping stone.
Uma paisagem ciclópica terrível, de pedra escura e gotejante.
A subterranean voice or intelligence shouting monotonously.
Uma voz subterrânea ou uma inteligência gritando monotonamente.
Two sounds seemed to repeat themselves in his dreams.

Dois sons pareciam se repetir em seus sonhos.

But these sounds were as enigmatic as the other sounds.

Mas esses sons eram tão enigmáticos quanto os outros sons.

The sounds can only be rendered by the letters "Cthulhu" and "R'lyeh".

Os sons só podem ser reproduzidos pelas letras "Cthulhu" e "R'lyeh".

On March 23rd, the manuscript continued, Wilcox failed to come.

Em 23 de março, prosseguia o manuscrito, Wilcox não compareceu.

My uncle made inquiries at the quarters of his whereabouts.

Meu tio fez perguntas no quartel sobre o paradeiro dele.

That night he had been stricken with an obscure sort of fever.

Naquela noite, ele fora acometido por um tipo indefinido de febre.

And he was taken to the home of his family in Waterman Street.

E ele foi levado para a casa de sua família na Rua Waterman.

That night he had cried out in one of his dreams.

Naquela noite, ele gritou em um de seus sonhos.

His cries aroused several other artists in the building.

Seus gritos despertaram vários outros artistas no prédio.

And he was between alternations of unconsciousness and delirium.

E ele alternava entre momentos de inconsciência e delírio.

My uncle at once telephoned the family of Wilcox.

Meu tio telefonou imediatamente para a família Wilcox.

And from that time forward he kept close watch of the case.

E a partir desse momento, ele acompanhou o caso de perto.

He called often at the Thayer Street office of Dr. Tobey.

Ele costumava visitar o consultório do Dr. Tobey na Rua Thayer.

Dr. Tobey was in charge of the patient's condition.

O Dr. Tobey era o responsável pelo tratamento do paciente.

The youth's febrile mind was dwelling on strange things.

A mente febril do jovem divagava sobre coisas estranhas.
The doctor shuddered now and then as he spoke of the dreams.
O médico estremecia de vez em quando enquanto falava dos sonhos.
The dreams repeated a lot of the earlier themes.
Os sonhos repetiam muitos dos temas anteriores.
But now his dreams made mention of something new.
Mas agora seus sonhos mencionavam algo novo.
A gigantic thing "a miles high" which walked, or lumbered about.
Uma coisa gigantesca, "com quilômetros de altura", que andava ou se movia pesadamente por aí.
He at no time fully described this object in any detail.
Ele nunca descreveu esse objeto em detalhes.
But Dr. Tobey relayed the frantic words of his patient.
Mas o Dr. Tobey transmitiu as palavras desesperadas de seu paciente.
And the professor became increasingly certain of what it was.
E o professor ficou cada vez mais convicto do que era.
The nameless monstrosity he had sought to depict in his sculpture.
A monstruosidade sem nome que ele procurara retratar em sua escultura.
The doctor had mentioned the bas-relief he had made.
O médico havia mencionado o baixo-relevo que ele havia feito.
This mention preludes the young man's subsidence into lethargy.
Essa menção prenuncia o mergulho do jovem na letargia.
His temperature, oddly enough, was not greatly above normal.
Por mais estranho que pareça, sua temperatura não estava muito acima do normal.
But his general condition suggested he was in a fever.
Mas seu estado geral sugeria que ele estava com febre.

A fever, as opposed to being in the grasp of a mental disorder.
Uma febre, em oposição a estar sob o domínio de um transtorno mental.

***

On April 2nd at about 3 p.m. the fever came to an end.
No dia 2 de abril, por volta das 15h, a febre passou.
Every trace of Wilcox's malady suddenly ceased.
Subitamente, todos os vestígios da doença de Wilcox desapareceram.
He sat upright in bed as if waking up from regular sleep.
Ele sentou-se ereto na cama como se estivesse acordando de um sono normal.
He was astonished to find himself at his parents' home.
Ele ficou surpreso ao se ver na casa de seus pais.
And he was completely ignorant of what had happened.
E ele desconhecia completamente o que havia acontecido.
Neither dream nor reality had made an impression on his mind.
Nem o sonho nem a realidade haviam deixado qualquer impressão em sua mente.
Dr. Tobey pronounced him fit to be dismissed from his care.
O Dr. Tobey considerou-o apto para receber alta.
And he returned to his quarters three days later.
E ele retornou aos seus aposentos três dias depois.
But to Professor Angell he was of no further assistance.
Mas ao Professor Angell ele não foi de mais nenhuma ajuda.
All traces of strange dreaming had vanished with his recovery.
Todos os vestígios de sonhos estranhos desapareceram com sua recuperação.
For a week he recounted irrelevant and thoroughly usual visions.
Durante uma semana, ele relatou visões irrelevantes e completamente corriqueiras.

And my uncle kept no further record of his night-thoughts.
E meu tio não deixou de registrar seus pensamentos noturnos.
At this point the first part of the manuscript ended.
Neste ponto, a primeira parte do manuscrito terminou.
But my research was still anything but concluded.
Mas minha pesquisa ainda estava longe de estar concluída.
References to scattered notes helped piece things together.
Referências a anotações dispersas ajudaram a juntar as peças
do quebra-cabeça.
And there was more than enough material for thought.
E havia material mais do que suficiente para reflexão.
My distrust of the artist had still not subsided.
Minha desconfiança em relação ao artista ainda não havia
diminuído.
But this was largely a result of my ingrained skepticism.
Mas isso se deveu em grande parte ao meu ceticismo
arraigado.
The notes described the dreams of various persons.
As anotações descreviam os sonhos de várias pessoas.
**These dreams all occurred while young Wilcox was in his
fever.**
Todos esses sonhos ocorreram enquanto o jovem Wilcox
estava com febre.
My uncle, it seems, wasted no time in collecting the data.
Ao que parece, meu tio não perdeu tempo em coletar os
dados.
**He had quickly instituted a prodigiously far-flung body of
inquiries.**
Ele rapidamente instaurou um conjunto de investigações
prodigiosamente abrangente.
Any friend that didn't show impertinence he questioned.
Qualquer amigo que não demonstrasse impertinência era
questionado por ele.
He requested from them nightly reports of their dreams.
Ele solicitou que eles relatassem seus sonhos todas as noites.
And he asked if they had had any notable visions of late.

E perguntou se eles tinham tido alguma visão notável ultimamente.

The reception of his request seems to have been varied.

A recepção do seu pedido parece ter sido variada.

But there was certainly no shortage in replies.

Mas certamente não faltaram respostas.

No ordinary man could have handled the replies alone.

Nenhum homem comum conseguiria lidar com as respostas sozinho.

The original correspondences were not preserved.

As correspondências originais não foram preservadas.

But his notes formed a thorough and significant digest.

Mas suas anotações constituíram um resumo completo e significativo.

***

Initially he had approached average people in society.

Inicialmente, ele abordou pessoas comuns da sociedade.

New England's traditional "salt of the earth".

A típica "gente simples e autêntica" da Nova Inglaterra.

But this group gave an almost completely negative result.

Mas esse grupo apresentou um resultado quase completamente negativo.

Though there were some exceptions to this group too.

Embora também houvesse algumas exceções nesse grupo.

Scattered cases of uneasy but formless nocturnal impressions.

Casos isolados de impressões noturnas inquietantes, porém indefinidas.

Their reports were always between March 23rd and April 2nd.

Os relatórios deles sempre foram emitidos entre 23 de março e 2 de abril.

This aligned with the same period of young Wilcox's delirium.

Isso coincidiu com o mesmo período de delírio do jovem
Wilcox.
Men of science had been only a little more affected.
Os homens da ciência foram afetados apenas um pouco mais.
Though four cases of vague description were of interest.
Embora quatro casos de descrição vaga fossem de interesse.
They had had fugitive glimpses of strange landscapes.
Eles tinham vislumbrado, de forma fugaz, paisagens
estranhas.
**And in one case a dread of something abnormal was
mentioned.**
E em um dos casos, mencionou-se o medo de algo anormal.
**It was from the artists and poets that the pertinent answers
came.**
Foi dos artistas e poetas que vieram as respostas pertinentes.
It is a blessing no one had been able to compare notes.
É uma bênção que ninguém tenha tido a oportunidade de
comparar as anotações.
**Panic would have broken loose had they shared their
visions.**
O pânico teria se instaurado se eles tivessem compartilhado
suas visões.
This, however, did not dispel my ingrained skepticism.
Isso, porém, não dissipou meu ceticismo arraigado.
**Others might have come to mythical conclusions much
quicker.**
Outros poderiam ter chegado a conclusões míticas muito mais
rapidamente.
But the original letters were lacking from the notes.
Mas as letras originais estavam faltando nas anotações.
**I half suspected the compiler of having asked leading
questions.**
Eu meio que suspeitava que o compilador tivesse feito
perguntas tendenciosas.
Or perhaps the correspondences weren't entirely original.
Ou talvez as correspondências não fossem inteiramente
originais.

Perhaps my uncle had resolved to confirm Wilcox's dreams.
Talvez meu tio tivesse decidido confirmar os sonhos de
Wilcox.
That is why I continued to feel suspicious of the sculptor.
Por isso, continuei desconfiado do escultor.
Perhaps he was still cognizant of my uncle's old data.
Talvez ele ainda estivesse ciente dos dados antigos do meu tio.
Perhaps he had been imposing on the veteran scientist.
Talvez ele estivesse se impondo à vontade com o cientista
veterano.
Nonetheless, the corroborating data had to be investigated.
No entanto, os dados corroborativos tiveram que ser
investigados.

***

The responses from the esthetes told a disturbing tale.
As respostas dos estetas revelaram uma história perturbadora.
From February 28th to April 2nd their dreams aligned.
De 28 de fevereiro a 2 de abril, seus sonhos se alinharam.
**And a large proportion of them had dreamed very bizarre
things.**
E uma grande parte deles havia sonhado com coisas muito
estranhas.
**The timing of the intensity of their dreams was also of
interest.**
O momento em que a intensidade dos seus sonhos se
manifestava também era de interesse.
The period of the sculptor's delirium marked a highpoint.
O período de delírio do escultor marcou um ponto alto.
**The intensity of their dreams were immeasurably the
stronger.**
A intensidade dos seus sonhos era imensuravelmente maior.
**Over a quarter reported unfamiliar and unpronounceable
sounds.**
Mais de um quarto dos entrevistados relatou sons
desconhecidos e impronunciáveis.

Noises not dissimilar to what Wilcox had also described.
Ruídos não muito diferentes daqueles que Wilcox também
havia descrito.
**Some described highly elaborate and impossible
architecture.**
Alguns descreveram arquiteturas extremamente elaboradas e
impossíveis.
And some of the dreamers confessed to an acute fear.
E alguns dos sonhadores confessaram sentir um medo agudo.
Like Wilcox, they had seen some gigantic nameless thing.
Assim como Wilcox, eles tinham visto alguma coisa gigantesca
e sem nome.
**One case, which the note describes with emphasis, was very
sad.**
Um caso, que a nota descreve com ênfase, foi muito triste.
The subject was a widely known architect of the region.
O biografado era um arquiteto muito conhecido na região.
He too had leanings toward theosophy and occultism.
Ele também tinha inclinações para a teosofia e o ocultismo.
This man went violently insane on March the 22nd.
Este homem enlouqueceu violentamente no dia 22 de março.
The exact same date of young Wilcox's seizure.
Exatamente na mesma data da convulsão do jovem Wilcox.
He expired several months later, after incessant screaming.
Ele faleceu vários meses depois, após gritos incessantes.
He begged to be saved from some escaped denizen of hell.
Ele implorou para ser salvo de algum fugitivo do inferno.
Regrettably, my uncle did not refer to these cases by name.
Lamentavelmente, meu tio não mencionou esses casos pelo
nome.
Instead, all studies were given nothing more than a number.
Em vez disso, todos os estudos receberam apenas um número.
**This way I was limited in attempting any personal
investigation.**
Dessa forma, minhas possibilidades de realizar qualquer
investigação pessoal ficavam limitadas.
And corroborating the evidence further was demanding.

E corroborar ainda mais as evidências foi uma tarefa árdua.

But finally I did succeed in tracing down some cases.

Mas finalmente consegui rastrear alguns casos.

I should have trusted the notes from my uncle.

Eu deveria ter confiado nos bilhetes do meu tio.

They reported their dreams true to their reports.

Eles relataram que seus sonhos eram fiéis aos seus relatos.

I have often wondered what they thought the questioning meant.

Muitas vezes me perguntei o que eles pensavam que o questionamento significava.

It is for the best that no explanation shall ever reach them.

É melhor que nenhuma explicação jamais chegue até eles.

***

As I have mentioned, my uncle also collected press clippings.

Como já mencionei, meu tio também colecionava recortes de jornais.

These press clippings corresponded to the dates in question.

Esses recortes de imprensa correspondiam às datas em questão.

The sources were scattered throughout the globe.

As fontes estavam espalhadas por todo o globo.

Professor Angell must have employed a cutting bureau.

O professor Angell deve ter contratado uma empresa de corte.

Because the number of extracts was tremendous.

Porque o número de extratos era enorme.

There was a parallel to this part of his research.

Existia um paralelo com essa parte de sua pesquisa.

Cases of panic, mania, and eccentricity.

Casos de pânico, mania e excentricidade.

One case was a nocturnal suicide in London.

Um dos casos foi um suicídio noturno em Londres.

A lone sleeper had leaped from a window after a shocking cry.

Um homem que dormia sozinho saltou de uma janela após um grito assustador.

A rambling letter to the editor of a paper in South America.

Uma carta confusa ao editor de um jornal da América do Sul.

A fanatic deduces a dire future from visions he had had.

Um fanático deduz um futuro sombrio a partir de visões que teve.

A dispatch from California describes a theosophist colony.

Um despacho da Califórnia descreve uma colônia teosofista.

They donned white robes en masse for some "glorious fulfilment".

Eles vestiram túnicas brancas em massa para uma "celebração gloriosa".

Although that "glorious fulfilment" never arose.

Embora essa "realização gloriosa" nunca tenha acontecido.

There seems to be serious unrest from the natives in India.

Parece haver um descontentamento grave por parte dos nativos na Índia.

Voodoo orgies multiplied in Haiti.

As orgias vodu se multiplicaram no Haiti.

African outposts report ominous mutterings.

Postos avançados africanos relatam murmúrios sinistros.

American officers in the Philippines find certain tribes bothersome.

Oficiais americanos nas Filipinas consideram certas tribos problemáticas.

New York policemen are mobbed by hysterical Levantines.

Policiais de Nova York são cercados por levantinos histéricos.

This occurred exactly on the night of March 22-23.

Isso ocorreu exatamente na noite de 22 para 23 de março.

The west of Ireland, too, was full of wild rumor and legendry.

O oeste da Irlanda também era repleto de rumores e lendas.

A fantastic painter named Ardois-Bonnot made the news in France.

Um pintor fantástico chamado Ardois-Bonnot tornou-se notícia na França.

He hung a blasphemous dream landscape in the Paris spring salon.

Ele pendurou uma paisagem onírica blasfema no salão de primavera de Paris.

The recorded troubles in insane asylums were immeasurable.

Os problemas registrados nos hospitais psiquiátricos eram imensuráveis.

A miracle must have kept the medical fraternities unsuspecting.

Um milagre deve ter mantido a classe médica alheia às suas suspeitas.

But they never noted the strange parallelisms of the cases.

Mas eles nunca notaram os estranhos paralelismos entre os casos.

Else they too would have come to mystified conclusions.

Caso contrário, eles também teriam chegado a conclusões enigmáticas.

I must confess these were indeed a set of weird paper cuttings.

Devo confessar que se tratava, de fato, de um conjunto estranho de recortes de papel.

My uncle had put forward a convincing argument.

Meu tio apresentou um argumento convincente.

I can't explain how I set the evidence aside.

Não consigo explicar como deixei as provas de lado.

But my callous rationalism took the upper hand.

Mas meu racionalismo insensível prevaleceu.

And I was still suspicious of the young sculptor, Wilcox.

E eu ainda desconfiava do jovem escultor, Wilcox.

He must have known of the older matters mentioned by the professor.

Ele devia ter conhecimento dos assuntos mais antigos mencionados pelo professor.

The Tale of Inspecter Legrasse
A história do inspetor Legrasse

Let me turn your attention away from the young sculptor.
Permita-me desviar sua atenção do jovem escultor.
And let us focus on the second half of the manuscript.
E vamos nos concentrar na segunda metade do manuscrito.
A few dreams alone would not have been so significant.
Alguns sonhos isolados não teriam sido tão significativos.
The bas-relief could have been dismissed as a hoax.
O baixo-relevo poderia ter sido descartado como uma farsa.
But my uncle had previously been primed to take interest.
Mas meu tio já havia demonstrado interesse anteriormente.
Wilcox's dream seemed to have a link to past events.
O sonho de Wilcox parecia ter alguma ligação com eventos
passados.
It wasn't the first time that he had heard that word.
Não era a primeira vez que ele ouvia àquela palavra.
The ominous syllables perhaps written as "Cthulhu".
As sílabas sinistras talvez escritas como "Cthulhu".
He had seen and heard of similar descriptions before.
Ele já tinha visto e ouvido descrições semelhantes antes.
The hellish outlines of the nameless monstrosity.
Os contornos infernais da monstruosidade sem nome.
He had previously puzzled over the same hieroglyphics.
Ele já havia se deparado anteriormente com a mesma questão
dos hieróglifos.
All this produced a horrible connection of events.
Tudo isso gerou uma sequência de eventos terrível.
It is no wonder he pursued young Wilcox with queries.
Não é de admirar que ele tenha insistido com o jovem Wilcox,
fazendo-lhe várias perguntas.
And we must not be surprised he interrogated Wilcox so.
E não devemos nos surpreender que ele tenha interrogado
Wilcox dessa maneira.
This earlier experience had come in the year of 1908.
Essa experiência anterior ocorreu no ano de 1908.

Seventeen years before Wilcox came to my great-uncle.
Dezessete anos antes de Wilcox conhecer meu tio-avô.
The archeological society were meeting in St. Louis.
A sociedade arqueológica estava reunida em St. Louis.
Professor Angell had a prominent part in the deliberations.
O professor Angell teve um papel de destaque nas
deliberações.
His responsibilities befitted one of his authority.
Suas responsabilidades eram condizentes com a sua
autoridade.
**He was one of the first to be approached by several
outsiders.**
Ele foi um dos primeiros a ser abordado por diversas pessoas
de fora.
They took advantage of the convocation to offer questions.
Eles aproveitaram a ocasião para fazer perguntas.
They hoped for correct answering from an expert.
Eles esperavam uma resposta correta de um especialista.
They each had very peculiar types of problems.
Cada um deles tinha problemas muito peculiares.
And they required very different types of solutions.
E elas exigiam tipos de soluções muito diferentes.
The chief of these was a common-looking middle-aged man.
O chefe deles era um homem de meia-idade de aparência
comum.
And he quickly became the meeting's focus of interest.
E ele rapidamente se tornou o centro das atenções da reunião.

***

He had traveled to St. Louis all the way from New Orleans.
Ele havia viajado de Nova Orleans até St. Louis.
He had come to the meeting for special information.
Ele tinha vindo à reunião para obter informações específicas.
Knowledge that could not be unobtained from local source.
Conhecimento que não poderia ser obtido de fontes locais.
His name was John Raymond Legrasse, police inspector.

Seu nome era John Raymond Legrasse, inspetor de polícia.
He bore with him the mysterious subject of his inquiries.
Ele carregava consigo o misterioso objeto de suas
investigações.
A grotesque and apparently very ancient stone statuette.
Uma estatueta de pedra grotesca e aparentemente muito
antiga.
A statuette whose origin no one had been able to determine.
Uma estatueta cuja origem ninguém havia conseguido
determinar.
But don't assume Inspector Legrasse was an archeologist.
Mas não presuma que o Inspetor Legrasse era um arqueólogo.
He had very little interest in archeology, nor mythology.
Ele tinha pouco interesse em arqueologia, assim como em
mitologia.
**His wish for enlightenment had rather different
motivations.**
Seu desejo de iluminação tinha motivações bastante diferentes.
**He was prompted to come by purely professional
considerations.**
Ele foi motivado a vir por considerações puramente
profissionais.
The statuette had been captured as part of a police raid.
A estatueta havia sido apreendida durante uma operação
policial.
Although whether it was even a statuette wasn't determined.
Embora não tenha sido determinado se era mesmo uma
estatueta.
It could also have been an idol, magic fetish, or charm.
Também poderia ter sido um ídolo, um fetiche mágico ou um
amuleto.
**Whatever it was, it had been captured some months
previously.**
Seja lá o que fosse, havia sido capturado alguns meses antes.
**A meeting was being held in the wooded swamps of New
Orleans.**

Uma reunião estava sendo realizada nos pântanos arborizados de Nova Orleans.

The police had been tipped of about a supposed voodoo meeting.

A polícia havia recebido uma denúncia sobre uma suposta reunião de vodu.

Strange and hideous rites connected with the voodoo circle.

Ritos estranhos e horrendos associados ao círculo vodu.

The police could not but realize what they had stumbled on.

A polícia não pôde deixar de perceber com o que havia se deparado.

A dark cult previously totally unknown to the authorities.

Um culto obscuro, até então totalmente desconhecido pelas autoridades.

Infinitely more sinister than what an outsider could expect.

Infinitamente mais sinistro do que um observador externo poderia esperar.

More diabolic than the blackest of the African voodoo circles.

Mais diabólico que os círculos mais sombrios do vodu africano.

Unbelievable tales were extorted from the captured cult members.

Histórias inacreditáveis foram extorquidas dos membros do culto que haviam sido capturados.

But nothing of the relic's origin could be discovered.

Mas nada pôde ser descoberto sobre a origem da relíquia.

Hence the anxiety of the police for any antiquarian lore.

Daí a preocupação da polícia com qualquer conhecimento antigo.

Ancient mythology might explain the frightful symbol.

A mitologia antiga pode explicar o símbolo assustador.

Deeper knowledge could perhaps track the fountain-head.

Um conhecimento mais profundo talvez pudesse rastrear a nascente.

Inspector Legrasse was not prepared for the excitement he created.

O inspetor Legrasse não estava preparado para a comoção que causou.

One sight of the mysterious object was all that was required.

Bastou um único olhar para o objeto misterioso.

The assembled men of science were filled with curiosity.

Os cientistas reunidos estavam cheios de curiosidade.

They lost no time in crowding closely around the inspector.

Eles não perderam tempo e se aglomeraram em volta do inspetor.

And they all tried to get the best look at the diminutive figure.

E todos eles tentaram obter a melhor visão possível da figura diminuta.

***

The genuinely abysmal antiquity inspired wild imagination.

A antiguidade verdadeiramente abismal inspirou uma imaginação fértil.

The strangeness hinted so potently at unopened and archaic vistas.

A estranheza sugeria, de forma tão poderosa, perspectivas inexploradas e arcaicas.

No recognized school of sculpture had animated this terrible object.

Nenhuma escola de escultura reconhecida havia dado vida a esse objeto terrível.

Yet centuries seemed recorded in the dim and greenish surface.

No entanto, séculos pareciam estar registrados na superfície tênue e esverdeada.

Perhaps thousands of years were hidden in this unplaceable stone.

Talvez milhares de anos estivessem ocultos nesta pedra indefinível.

The figurine was finally passed slowly from man to man.

A estatueta foi finalmente passada, lentamente, de homem para homem.

Each scientist carefully studied the strange markings of the stone.

Cada cientista estudou cuidadosamente as estranhas marcas na pedra.

The work was between seven and eight inches in height.

A obra tinha entre sete e oito polegadas de altura.

And the exquisite artistic workmanship must be noted.

E é preciso destacar o requintado trabalho artístico.

The carvings represented a monster of vaguely anthropoid outline.

As esculturas representavam um monstro com contornos vagamente antropoides.

On the face of the octopus-esque head was a mass of feelers.

Na face da cabeça semelhante à de um polvo havia uma massa de antenas.

Prodigious claws on hind and fore feet protruded from the body.

Garras enormes nas patas traseiras e dianteiras se projetavam do corpo.

The bloated corpulence had a rubbery looking quality to it.

A massa disforme e inchada tinha uma aparência emborrachada.

And from behind the rubbery body came out two narrow wings.

E por trás do corpo emborrachado surgiram duas asas estreitas.

It would be instinctual to think of this thing as fearsome.

Seria instintivo considerar essa coisa assustadora.

There was an unnatural malignancy to the aura of the creature.

Havia uma malignidade antinatural na aura da criatura.

The gargantuan squatted evilly on a rectangular block.

O ser gigantesco estava agachado, com uma expressão maligna, sobre um bloco retangular.

The pedestal it was on was covered with undecipherable characters.
O pedestal onde estava apoiado estava coberto de caracteres indecifráveis.
The tips of the wings touched the back edge of the block.
As pontas das asas tocaram a borda posterior do bloco.
The creature was sitting on the middle of the giant block.
A criatura estava sentada no meio do bloco gigante.
Its legs were doubled up under its monstrous body.
Suas pernas estavam dobradas sob seu corpo monstruoso.
The long, curved claws gripped the front edge of the cliff.
As garras longas e curvas agarraram a borda frontal do penhasco.
The cephalopod head was bent forward, observing its kingdom.
A cabeça do cefalópode estava inclinada para a frente, observando seu reino.
The ends of the facial feelers brushed the backs of huge forepaws.
As extremidades das antenas faciais roçaram o dorso das enormes patas dianteiras.
And the forepaws clasped the croucher's elevated knees.
E as patas dianteiras agarraram os joelhos elevados do agachado.
The appearance of the grotesque scene was abnormally lifelike.
A aparência da cena grotesca era anormalmente realista.
But this lifelike quality only added a subtle reason to be more fearful.
Mas esse realismo apenas acrescentava um motivo sutil para sentir mais medo.
Because we knew nothing about the source of the depiction.
Porque não sabíamos nada sobre a origem da representação.
The creature's vast, awesome, and incalculable age was unmistakable.
A idade vasta, imponente e incalculável da criatura era inconfundível.

But not one link did the depiction show with any known type of art.

Mas a representação não apresentou nenhuma ligação com qualquer tipo de arte conhecido.

Not even the earliest civilizations made reference to this creature.

Nem mesmo as civilizações mais antigas fizeram menção a essa criatura.

But that is not the only point at which our knowledge failed us.

Mas esse não foi o único ponto em que nosso conhecimento nos falhou.

***

The mineralogy of the stone was also a complete mystery.

A mineralogia da pedra também era um completo mistério.

Gold specks dotted the soapy, greenish-black stone.

Pontos dourados pontilhavam a pedra, de cor verde-escura e textura semelhante a sabão.

Iridescent striations ran along the length of the stone.

Estrias iridescentes percorriam toda a extensão da pedra.

In short, the stone resembled nothing within mineralogy.

Resumindo, a pedra não apresentava nenhuma semelhança em termos de mineralogia.

Geologists hadn't been able to identify the stone either.

Os geólogos também não conseguiram identificar a pedra.

The hieroglyphs along the stone were equally baffling.

Os hieróglifos ao longo da pedra eram igualmente desconcertantes.

The writing system was horribly different than other scripts.

O sistema de escrita era terrivelmente diferente de outros sistemas de escrita.

A representation of half the world's leading experts was present.

Estiveram presentes representantes de metade dos maiores especialistas do mundo.

**But no link to any known writing system could be
established.**
Mas não foi possível estabelecer nenhuma ligação com
qualquer sistema de escrita conhecido.
**Everything frightfully suggested an old and unhallowed
cycle of life.**
Tudo sugeria, de forma assustadora, um ciclo de vida antigo e
profano.
**A history in which our world and our conceptions played no
part.**
Uma história na qual o nosso mundo e as nossas concepções
não tiveram qualquer participação.
**The experts shook their heads, admitting they had been
defeated.**
Os especialistas balançaram a cabeça, admitindo que haviam
sido derrotados.
But one expert did not give up quite so quickly.
Mas um especialista não desistiu tão facilmente.
**He claimed to have a touch of bizarre familiarity with the
subject.**
Ele alegou ter uma estranha familiaridade com o assunto.
**The monstrous shape and writing weren't entirely new to
him.**
A forma monstruosa e a escrita não eram totalmente novas
para ele.
With some diffidence he told of the odd trifle he knew.
Com certa timidez, ele contou sobre as poucas coisas
insignificantes que sabia.
This person was the late William Channing Webb.
Essa pessoa era o falecido William Channing Webb.
He was professor of anthropology in Princeton University.
Ele foi professor de antropologia na Universidade de
Princeton.
And he was an explorer of no small significance.
E ele foi um explorador de grande importância.

***

Forty-eight years ago he was exploring Greenland and Iceland.
Há quarenta e oito anos, ele explorava a Groenlândia e a Islândia.
His group were in search of some Runic inscriptions.
Seu grupo estava em busca de algumas inscrições rúnicas.
But the expedition failed to unearth any inscriptions.
Mas a expedição não conseguiu desenterrar nenhuma inscrição.
They trekked the heights of West Greenland's coasts.
Eles percorreram a pé os pontos mais altos da costa oeste da Groenlândia.
Here they encountered a strange cult of degenerate Eskimos.
Ali, eles se depararam com um estranho culto de esquimós degenerados.
Their religion consisted of a form of devil-worship.
A religião deles consistia em uma forma de adoração ao diabo.
And their rituals were deliberately bloodthirsty and repulsive.
E seus rituais eram deliberadamente sanguinários e repulsivos.
It was a faith of which other Eskimos knew little.
Era uma fé da qual outros esquimós pouco sabiam.
Locals shuddered at the mention of their practices.
Os moradores locais estremeceram ao ouvir falar de suas práticas.
They said their believes came from horribly ancient eons.
Eles disseram que suas crenças vinham de eras terrivelmente antigas.
A time before the world as we know it now had ever been made.
Uma época anterior à criação do mundo como o conhecemos hoje.
There were human sacrifices and queer hereditary rituals.
Havia sacrifícios humanos e rituais hereditários peculiares.
And all their worship was directed at a supreme tornasuk.

E toda a sua adoração era dirigida a um supremo tornasuk.
Professor Webb had taken a phonetic copy from an aged angekok.
O professor Webb havia obtido uma cópia fonética de um antigo angekok.
He had transcribed the wizard-priest's chants as best he could.
Ele transcreveu os cânticos do mago-sacerdote da melhor maneira possível.
But currently these transcriptions weren't of prime significance.
Mas, atualmente, essas transcrições não tinham grande importância.
The cult had a cherished stone that they worshipped.
O culto possuía uma pedra preciosa que eles veneravam.
They danced wildly when the aurora leaped over the ice cliffs.
Eles dançaram freneticamente quando a aurora boreal surgiu sobre os penhascos de gelo.
And in the midst of their dance was the strange stone.
E em meio à dança deles estava a pedra estranha.
It was, the professor stated, a very crude bas-relief of stone.
Segundo o professor, tratava-se de um baixo-relevo em pedra muito rudimentar.
The stone comprised a hideous picture and some cryptic writing.
A pedra continha uma imagem horrenda e algumas inscrições enigmáticas.
And as far as he could tell this stone was a rough parallel.
E, pelo que ele pôde perceber, essa pedra era um paralelo aproximado.
The stone had all the same essential features of bestial things.
A pedra possuía todas as características essenciais das coisas bestiais.
The scientists received this data with suspense and astonishment.

Os cientistas receberam esses dados com suspense e espanto.
Even Inspector Legrasse had quickly gained an interest in mythology.
Até mesmo o inspetor Legrasse rapidamente desenvolveu um interesse por mitologia.
And he began at once to ply his informant with questions.
E ele começou imediatamente a bombardear seu informante com perguntas.
He had notes of the oral ritual of the cult-worshipers in the swamp.
Ele tinha anotações sobre o ritual oral dos fiéis do culto no pântano.
He besought the professor to remember the diabolist Eskimos' chants.
Ele implorou ao professor que se lembrasse dos cânticos diabólicos dos esquimós.
There then followed an exhaustive comparison of details.
Em seguida, foi feita uma comparação exaustiva dos detalhes.
And there then followed a moment of really awed silence.
E então seguiu-se um momento de silêncio verdadeiramente reverente.
The Eskimo wizards and the Louisiana swamp-priests were worlds apart.
Os feiticeiros esquimós e os sacerdotes dos pântanos da Louisiana eram mundos à parte.
And yet there was a phrase the two hellish rituals had in common.
No entanto, havia uma frase que os dois rituais infernais tinham em comum.
"Ph'nglui mglw'nafh Cthulhu R'lyeh wgah'nagl fhtagn."
"Ph'nglui mglw'nafh Cthulhu R'lyeh wgah'nagl fhtagn."

****

Legrasse had one advantage over Professor Webb.
Legrasse tinha uma vantagem sobre o Professor Webb.
He had spoken to several of his mongrel prisoners.

Ele havia conversado com vários de seus prisioneiros vira-
latas.
Some of them had passed on the phrase's meaning.
Alguns deles haviam transmitido o significado da frase.
"In his house at R'lyeh dead Cthulhu waits dreaming."
"Em sua casa em R'lyeh, o morto Cthulhu espera, sonhando."
So the attention turned back to Inspector Legrasse.
Assim, a atenção voltou-se para o Inspetor Legrasse.
And he was probed with many disconnected questions.
E ele foi interrogado com muitas perguntas desconexas.
**He detailed his experience with the worshipers from the
swamp.**
Ele detalhou sua experiência com os fiéis do pântano.
My uncle attached profound significance to the story.
Meu tio atribuía um significado profundo à história.
The report savored of the wildest dreams of myth-makers.
O relato tinha o sabor dos sonhos mais delirantes dos
criadores de mitos.
Theosophists could not have provided more imagination.
Os teosofistas não poderiam ter fornecido mais imaginação.
But the philosophies came from unexpected sources.
Mas as filosofias vieram de fontes inesperadas.
Half-castes and pariahs told these fantastical stories.
Essas histórias fantásticas eram contadas por mestiços e
párias.
On November 1st, 1907, his chain of events unfolded.
Em 1º de novembro de 1907, sua sequência de eventos se
desenrolou.
The New Orleans police received desperate calls.
A polícia de Nova Orleans recebeu ligações desesperadas.
**They were called to the swamp and lagoon country to the
south.**
Eles foram chamados para a região pantanosa e lagunar ao
sul.
The settlers there were mostly primitive, but good-natured.
Os colonizadores daquela região eram, em sua maioria,
primitivos, mas bem-intencionados.

Most living by the swamp were descendants of Lafitte's men.
A maioria dos que viviam perto do pântano eram descendentes dos homens de Lafitte.
But now they were in the grip of stark terror.
Mas agora estavam dominados por um terror absoluto.
An unknown thing had stolen upon them in the night.
Uma coisa desconhecida os surpreendeu durante a noite.
It was voodoo, apparently, that caused the disturbance.
Ao que parece, foi o vodu que causou a perturbação.
But it was a voodoo unlike the other forms of voodoo.
Mas era um vodu diferente das outras formas de vodu.
Voodoo of a more terrible sort than they had ever known.
Vodu de um tipo muito mais terrível do que qualquer outro que eles já tivessem conhecido.
Some of their women and children had disappeared.
Algumas de suas mulheres e crianças haviam desaparecido.
A malevolent drumming had begun its incessant beating.
Um rufar de tambores malévolo começara sua batida incessante.
Far and deep within those dark, black haunted woods.
Bem no fundo daquelas florestas escuras e negras, assombradas.
There, where no dweller dared to ventured close to.
Ali, onde nenhum habitante ousava se aventurar a chegar perto.
There were insane shouts and harrowing screams.
Ouviam-se gritos insanos e urros horríveis.
Soul-chilling chants and dancing devil-flames.
Cânticos arrepiantes e chamas demoníacas dançantes.
The messenger and his people could stand it no more.
O mensageiro e seu povo não aguentavam mais.
A body of twenty police set out in the late afternoon.
Um grupo de vinte policiais saiu no final da tarde.
And a shivering settler came with them as a guide.
E um colono trêmulo os acompanhou como guia.

At the end of the passable road they alighted.
No final da estrada transitável, eles desembarcaram.
For miles and miles they splashed on in silence.
Eles seguiram em frente, em silêncio, por quilômetros e quilômetros.
And they went on through the terrible cypress woods.
E eles seguiram em frente através da terrível floresta de ciprestes.
Dark, dark woods in which day but almost never came.
Bosques escuros, muito escuros, onde o dia quase nunca chegava.
Ugly roots set traps for them in the wet ground.
Raízes feias armam armadilhas para eles no solo úmido.
Malignant hanging nooses of Spanish moss beset them.
Laços malignos de musgo espanhol os atormentavam.
In the distance the settlement slowly came into sight.
Ao longe, o povoado foi surgindo lentamente no horizonte.
Hysterical dwellers ran out of the miserable huts.
Moradores histéricos saíram correndo das miseráveis cabanas.
They clustered around the group of bobbing lanterns.
Eles se aglomeraram em torno do grupo de lanternas oscilantes.
Far, far ahead the cause of all the fear could be heard.
Bem ao longe, podia-se ouvir a causa de todo o medo.
The muffled beat of drums was now faintly audible.
O som abafado dos tambores agora era fracamente audível.
At times the wind shifted and revealed different sounds.
Por vezes, o vento mudava de direção e revelava sons diferentes.
Curdling shrieks were audible at infrequent intervals.
Gritos lancinantes eram audíveis em intervalos esporádicos.
A reddish glare seemed to filter through the undergrowth.
Um brilho avermelhado parecia filtrar-se através da vegetação rasteira.
The settlers were reluctant to be left alone again.

Os colonos estavam relutantes em serem deixados sozinhos novamente.

But they point blank refused to move forwards either.

Mas eles se recusaram categoricamente a avançar também.

So the inspector and his colleagues plunged on unguided.

Assim, o inspetor e seus colegas seguiram em frente sem qualquer orientação.

And they went into the black arcades of horror.

E eles entraram nas arcadas negras do horror.

The region was one of traditionally evil repute.

A região tinha uma reputação tradicionalmente sinistra.

The lands were substantially unknown by white men.

Essas terras eram praticamente desconhecidas pelos homens brancos.

Not many explorers had traversed those regions yet.

Poucos exploradores haviam percorrido essas regiões até então.

There were also legends of a hidden away lake.

Existiam também lendas sobre um lago escondido.

A body of water still unglimpsed by mortal sight.

Uma massa de água ainda não vista pelos olhos mortais.

In the lake it was said there dwelt a strange creature.

Dizia-se que no lago habitava uma criatura estranha.

A huge, formless white polypous thing with luminous eye.

Uma enorme coisa disforme, branca e poliposa, com um olho luminoso.

And settlers whispered about bat-winged devils.

E os colonos sussurravam sobre demônios com asas de morcego.

They flew up out of caverns from the inner earth.

Eles voaram para fora de cavernas vindas do interior da terra.

And together the demons worship it at midnight.

E juntos, os demônios o veneram à meia-noite.

They said it had been there before D'Iberville.

Disseram que já estava lá antes de D'Iberville.

They said it had been there before La Salle too.

Disseram que já estava lá antes de La Salle também.

They said it was there before the Native Americans.
Disseram que já estava lá antes dos nativos americanos.
Perhaps it was even there before the wholesome beasts.
Talvez já estivesse lá antes mesmo dos animais saudáveis.
It was a nightmare itself that made men dream.
Era um pesadelo que, por si só, fazia os homens sonharem.
And to see the thing was the same as death.
E ver aquilo era o mesmo que morrer.
And so they had enough warning to know to keep away.
Assim, eles tiveram aviso suficiente para saber que deviam
ficar longe.
Because it was indeed where they were warned it was.
Porque era de fato onde tinham avisado que estava.
The voodoo orgy was on the fringe of this abhorred area.
A orgia vodu ocorreu nos arredores dessa área abominável.
But the location was already bad enough by itself.
Mas a localização já era ruim o suficiente por si só.
The voodoo activities only added to the horror.
As atividades de vodu só aumentaram o horror.
Perhaps poetry could do justice to the noises heard.
Talvez a poesia pudesse fazer justiça aos ruídos ouvidos.
Otherwise only madness would help one understand.
Do contrário, só a loucura ajudaria a compreender.
But Legrasse's plowed on through the black morass.
Mas Legrasse prosseguiu avançando pelo pântano negro.
The sound of the muffled drumming slowly crystalized.
O som abafado da percussão foi se cristalizando lentamente.
And they continued steadily towards the red glare.
E eles continuaram firmemente em direção ao brilho
vermelho.

***

There are vocal qualities specific to men.
Existem qualidades vocais específicas dos homens.
And there are vocal qualities specific to beasts.
E existem qualidades vocais específicas dos animais.

It is terrible when one makes the sounds of the other.
É terrível quando um imita os sons do outro.
Animal fury freed them of their human restraint.
A fúria animal os libertou das amarras humanas.
Orgiastic license whipped them into demoniac heights.
A permissividade orgiástica os levou a níveis demoníacos.
Howls that tore through those perpetually dark woods.
Uivos que rasgavam aquelas florestas perpetuamente escuras.
Squawking ecstasies that echoed in everyone's mind.
Êxtases estridentes que ecoavam na mente de todos.
Sounds like pestilential tempests from the gulfs of hell.
Parece tempestades pestilentas vindas dos abismos do inferno.
Now and then the less organized ululations would cease.
De vez em quando, os ululados menos organizados cessavam.
A well-drilled chorus of hoarse voices rose in singsong.
Um coro bem ensaiado de vozes roucas elevou-se em tom
cantado.
And they chanted that hideous phrase of their ritual.
E eles entoavam aquela frase horrenda de seu ritual.
"Ph'nglui mglw'nafh Cthulhu R'lyeh wgah'nagl fhtagn"
"Ph'nglui mglw'nafh Cthulhu R'lyeh wgah'nagl fhtagn"
Then the men reached a spot where the trees were sparser.
Então os homens chegaram a um local onde as árvores eram
mais esparsas.
Suddenly they come in sight of the spectacle itself.
De repente, eles se deparam com o próprio espetáculo.
Four of them reeled from the horrible things they saw.
Quatro deles ficaram atordoados com as coisas horríveis que
viram.
One man fainted, and two were shaken into a frantic cry.
Um homem desmaiou e dois foram surpreendidos por um
grito desesperado.
Fortunately their screams were not heard by other ears.
Felizmente, seus gritos não foram ouvidos por outras pessoas.
The mad cacophony of the orgy deadened their screams.
A cacofonia insana da orgia abafou seus gritos.
Legrasse splashed swamp water on the fainting man.

Legrasse jogou água do pântano no homem que estava desmaiando.

They stood up again, but nearly hypnotized with horror.

Eles se levantaram novamente, mas estavam quase hipnotizados de horror.

In a natural glade of the swamp stood a grassy island.

Em uma clareira natural do pântano, havia uma ilha gramada.

The grassy island extended perhaps for an acre.

A ilha gramada estendia-se por talvez um acre.

And the area was clear of trees and tolerably dry.

E a área estava livre de árvores e razoavelmente seca.

A horde of human abnormality leaped and twisted.

Uma horda de anormalidades humanas saltou e se contorceu.

No Sime could paint what the men were seeing.

Nenhum Sime conseguiria pintar o que os homens estavam vendo.

No Angarola has ever painted such an indescribable scene.

Nenhum Angarola jamais pintou uma cena tão indescritível.

The hybrid spawn made a monstrous ring-shaped bonfire.

A cria híbrida fez uma fogueira monstruosa em forma de anel.

They brayed bellowed and writhed about in their nudity.

Eles zurravam, berravam e se contorciam nus.

Occasionally there were rifts in the curtain of flame.

Ocasionalmente, surgiam fendas na cortina de chamas.

And there the object of their worship revealed itself.

E ali se revelou o objeto de sua adoração.

In the midst of the fire stood a great granite monolith.

Em meio ao incêndio, erguia-se um grande monólito de granito.

The stone structure was only about eight feet in height.

A estrutura de pedra tinha apenas cerca de oito pés de altura.

And the noxious carven statuette rested on the monolith.

E a nociva estatueta esculpida repousava sobre o monólito.

The idle was almost incongruous in its diminutiveness.

O ociosidade era quase incongruente em sua pequenez.

Spaced evenly, scaffolds had been erected around the fire.

Espaçados uniformemente, andaimes foram erguidos ao redor do incêndio.

From the scaffolding hung a number of marred bodies.

Nos andaimes pendiam vários corpos mutilados.

The bodies of those that had disappeared from nearby.

Os corpos daqueles que haviam desaparecido nas proximidades.

It was inside this circle the ring of worshipers were.

Era dentro desse círculo que se encontrava o grupo de fiéis.

And they roared and jumped in the frantic trance.

E eles rugiram e pularam em transe frenético.

The general direction of the motion was anti-clockwise.

O sentido geral do movimento era anti-horário.

The ring of bodies circling around the ring of fire.

O anel de corpos circulando ao redor do anel de fogo.

One man recollected other details even more concerning.

Um homem relembrou outros detalhes ainda mais preocupantes.

But perhaps the echoes induced him to hear other things.

Mas talvez os ecos o tenham levado a ouvir outras coisas.

He fancied he heard antiphonal responses to the ritual.

Ele imaginou ter ouvido respostas antifonais ao ritual.

Noises from an unillumined spot deeper within the woods.

Ruídos vindos de um local escuro no interior da floresta.

This man, Joseph D. Galvez, I later met and questioned.

Mais tarde, conheci e interroguei esse homem, Joseph D. Galvez.

And he proved to indeed be distractingly imaginative.

E ele provou ser, de fato, extremamente imaginativo.

He even hinted at the faint beating of great wings.

Ele chegou a insinuar o leve bater de grandes asas.

And he suggested there was a glimpse of shining eyes.

E ele sugeriu que houve um vislumbre de olhos brilhantes.

And beyond the trees, a mountainous white bulk of something.

E além das árvores, uma massa branca e imponente de algo.

I suppose he had heard too much native superstition.

Suponho que ele tivesse ouvido superstições indígenas em excesso.

But actually the horrified pause was relatively brief.

Mas, na verdade, a pausa de horror foi relativamente breve.

Duty came first, and they had come to do a job.

O dever vinha em primeiro lugar, e eles tinham vindo para fazer um trabalho.

***

There must have been nearly a hundred mongrel celebrants.

Devia haver quase uma centena de vira-latas participando da festa.

But the police were able to rely on their firearms.

Mas a polícia pôde contar com suas armas de fogo.

And they plunged determinedly into the nauseous rout.

E eles se lançaram decididamente naquela derrota nauseante.

For five minutes the chaotic din was beyond description.

Durante cinco minutos, o caos ensurdecedor foi indescritível.

Wild blows were struck and shots were fired.

Houve desferir golpes violentos e disparar tiros.

Some escaped arrest by running into the darkness.

Alguns escaparam da prisão fugindo para a escuridão.

They had a better knowledge of the layout of the swamp.

Eles tinham um conhecimento melhor da disposição do pântano.

But Legrasse and his men caught around half of them.

Mas Legrasse e seus homens capturaram cerca de metade deles.

And they counted around forty-seven sullen prisoners.

E contabilizaram cerca de quarenta e sete prisioneiros taciturnos.

They were forced to put on their clothes again.

Eles foram obrigados a vestir suas roupas novamente.

And they fell into line between two rows of policemen.

E eles se alinharam entre duas fileiras de policiais.

Five of the worshipers lay dead by the fire.

Cinco dos fiéis jaziam mortos junto à fogueira.

Two severely wounded prisoners were carried away.

Dois prisioneiros gravemente feridos foram levados embora.

Of course the image on the monolith was removed.

É claro que a imagem no monólito foi removida.

Legrasse himself took the evidence to the police station.

O próprio Legrasse levou as provas à delegacia.

The trip back to the headquarters was of intense strain.

A viagem de volta ao quartel-general foi extremamente estressante.

The men were examined when they got back to civilization.

Os homens foram examinados quando retornaram à civilização.

The prisoners all proved to be men of a very low type.

Os prisioneiros revelaram-se todos homens de tipo muito baixo.

They were all mixed-blooded, and mentally aberrant.

Eles eram todos mestiços e tinham distúrbios mentais.

Most were seamen by trade, or some similar professions.

A maioria eram marinheiros de profissão ou exerciam profissões semelhantes.

Negroes and mulattoes were sprinkled among them.

Havia negros e mulatos espalhados entre eles.

But most seemed to be West Indians or Brava Portuguese.

Mas a maioria parecia ser de origem caribenha ou portuguesa da região de Brava.

They primarily came from the Cape Verde Islands.

Eles vieram principalmente das Ilhas de Cabo Verde.

They gave the heterogeneous cult a coloring of voodooism.

Eles deram ao culto heterogêneo uma coloração de vodu.

But there wasn't even a need to ask too many questions.

Mas nem era preciso fazer muitas perguntas.

The conclusion quickly became manifest by itself.

A conclusão tornou-se evidente por si só rapidamente.

Something far deeper than negro fetishism was involved.

Havia algo muito mais profundo envolvido do que o fetichismo negro.

Although ignorant, but their story was consistent.
Embora ignorantes, a história deles era coerente.
The creatures all spoke of the same central idea.
Todas as criaturas falavam da mesma ideia central.
They certainly all shared the same loathsome faith.
Certamente todos compartilhavam a mesma fé repugnante.
They worshiped, so they said, the great old ones.
Eles adoravam, segundo diziam, os grandes antigos.
The great old ones lived long before there were any men.
Os grandes antigos viveram muito antes de existirem homens.
And they came to the young world out of the sky.
E eles vieram do céu para o mundo jovem.
Those old ones were now gone, they explained.
Eles explicaram que aqueles antigos já não existiam mais.
They were now inside the earth and under the sea.
Eles agora estavam dentro da terra e debaixo do mar.
But their dead bodies found ways to tell their secrets.
Mas seus cadáveres encontraram maneiras de revelar seus
segredos.
They whispered into the dreams of the first men.
Eles sussurraram nos sonhos dos primeiros homens.
And the first men formed a cult which has never died.
E os primeiros homens formaram um culto que nunca morreu.

***

The cult had always existed, and always would exist.
O culto sempre existiu e sempre existirá.
Their followers were hidden in wastes all over the world.
Seus seguidores estavam escondidos em áreas desertas por
todo o mundo.
Their followers were in dark places explorers overlooked.
Seus seguidores estavam em lugares obscuros que os
exploradores haviam ignorado.
And they would remain hidden until they were called.
E eles permaneceriam escondidos até serem chamados.
When the great priest Cthulhu rises again to the surface.

Quando o grande sacerdote Cthulhu ressurgir à superfície.

When Cthulhu brings the earth again beneath his sway.

Quando Cthulhu trouxer a Terra novamente sob seu domínio.

When Cthulhu leaves from his dark house in the mighty city of R'lyeh.

Quando Cthulhu deixa sua casa sombria na poderosa cidade de R'lyeh.

Some day he was going call, when the stars were ready.

Algum dia ele ligaria, quando as estrelas estivessem prontas.

And the secret cult will always be waiting to liberate him.

E o culto secreto estará sempre à espera para libertá-lo.

Meanwhile, no more of his story must be told.

Entretanto, nada mais da sua história precisa ser contado.

There was a secret even torture could not extract.

Havia um segredo que nem mesmo a tortura conseguia arrancar.

Mankind was not alone among the conscious things of earth.

A humanidade não era a única entidade consciente da Terra.

Because shapes came out of the dark to visit the faithful few.

Porque formas surgiram da escuridão para visitar os poucos fiéis.

But these were not the great old ones.

Mas estes não eram os grandes e antigos.

No man had ever seen the great old ones.

Nenhum homem jamais tinha visto os grandes antigos.

The carven idol was of great Cthulhu.

O ídolo esculpido era do grande Cthulhu.

None could say whether the others were like him.

Ninguém soube dizer se os outros eram como ele.

No one could read the old writing now.

Ninguém mais conseguia ler a escrita antiga.

Instead, things were told by word of mouth.

Em vez disso, as coisas eram contadas oralmente.

The chanted ritual was not the secret.

O ritual cantado não era o segredo.

The secret was never spoken aloud, only whispered.

O segredo nunca foi dito em voz alta, apenas sussurrado.

The chant meant one thing, and one thing alone:
O cântico significava uma coisa, e apenas uma:
"In his house at R'lyeh dead Cthulhu waits dreaming."
"Em sua casa em R'lyeh, o morto Cthulhu espera, sonhando."
Only two of the prisoners were found sane enough to be
hanged.
Apenas dois dos prisioneiros foram considerados
suficientemente sãos para serem enforcados.
The rest of them were committed to various institutions.
Os demais foram encaminhados para diversas instituições.
All denied to have taken any part in the ritual murders.
Todos negaram ter participado dos assassinatos rituais.
They said the killing had been done by something else.
Disseram que o assassinato foi cometido por outra coisa.
"The black-winged ones," the each insisted, separately.
"Os de asas negras", insistiram cada um, separadamente.
They had come to them from their immemorial meeting-
place.
Eles tinham vindo até eles de seu local de encontro imemorial.
They had arisen out from the haunted woodlands.
Eles emergiram dos bosques assombrados.
But the stories of mysterious allies were inconsistent.
Mas as histórias sobre aliados misteriosos eram inconsistentes.

***

What the police did extract came mainly from one man.
As informações que a polícia conseguiu extrair vieram
principalmente de um único homem.
An immensely aged mestizo named Castro.
Um mestiço de idade muito avançada chamado Castro.
He claimed to have sailed to strange ports.
Ele alegava ter navegado para portos desconhecidos.
And he said he had been to the mountains of China.
E ele disse que já havia estado nas montanhas da China.
There he talked with undying leaders of the cult.
Lá, ele conversou com os líderes imortais do culto.

Old Castro remembered bits of hideous legend.
O velho Castro ainda se lembrava de fragmentos de uma lenda horrenda.
His legends paled the speculations of theosophists.
Suas lendas empalideceram diante das especulações dos teosofistas.
His stories made man seem like a recent creation.
Suas histórias faziam o homem parecer uma criação recente.
Even the world was transient in his account of things.
Até mesmo o mundo era transitório em sua visão das coisas.
There had been eons when other Things ruled on the earth.
Houve eras em que outras Coisas governaram a Terra.
And they had had great cities here on the earth.
E eles tinham tido grandes cidades aqui na Terra.
The deathless Chinamen told him reserved secrets.
Os chineses imortais revelaram-lhe segredos bem guardados.
He had told him their ruins could still be found.
Ele lhe dissera que suas ruínas ainda podiam ser encontradas.
There were still Cyclopean stones on islands in the Pacific.
Ainda existiam pedras ciclópicas em ilhas do Pacífico.
They all died vast epochs of time before man came.
Todos eles morreram em vastas épocas, muito antes do surgimento do homem.
But there were knowledges and practices in ancients arts.
Mas existiam conhecimentos e práticas nas artes antigas.
Special rituals which could revive them again, in time.
Rituais especiais que poderiam revivê-los com o tempo.
In the cycle of eternity their return was inevitable.
No ciclo da eternidade, seu retorno era inevitável.
When the stars come round again to the right positions
Quando as estrelas voltarem a se alinhar corretamente.
They had, indeed themselves come from the stars.
Eles próprios tinham vindo das estrelas.
"These great old ones," Castro continued.
"Esses grandes e antigos", continuou Castro.
They were not composed entirely of flesh and blood.
Eles não eram compostos inteiramente de carne e osso.

They had shape," Castro insisted, confidently.
"Eles tinham forma", insistiu Castro, com convicção.
And he had strange proof for what he believed.
E ele tinha provas estranhas para aquilo em que acreditava.
But the shape they took on was not made of matter.
Mas a forma que assumiram não era feita de matéria.
When the stars were in their right positions.
Quando as estrelas estavam em suas posições corretas.
Then they could plunge from one world to another.
Então eles poderiam mergulhar de um mundo para outro.
Because they can move themselves through the sky.
Porque eles conseguem se mover pelo céu.
But when the stars were wrong, they cannot live.
Mas quando os astros estão desalinhados, eles não podem viver.
And it is true that they no longer live like we do.
E é verdade que eles já não vivem como nós.
But despite that, they never really die either.
Mas, apesar disso, eles nunca morrem de verdade.
They rest in stone houses in their great city of R'lyeh.
Eles repousam em casas de pedra em sua grande cidade de R'lyeh.
They are preserved by the spells of mighty Cthulhu.
Eles são preservados pelos feitiços do poderoso Cthulhu.
So there they lie, unaffected by the passing of time.
Assim, permanecem ali, intocados pela passagem do tempo.
And they wait for another glorious resurrection.
E eles aguardam outra ressurreição gloriosa.
When the stars and earth are ready for them again.
Quando as estrelas e a Terra estiverem prontas para recebê-los novamente.
But they are still dependent on an outside force.
Mas eles ainda dependem de uma força externa.
A force from outside served to liberate their bodies.
Uma força externa serviu para libertar seus corpos.
The spells preserved them and kept them intact.
Os feitiços os preservaram e os mantiveram intactos.

But the spells also kept them from breaking free.
Mas os feitiços também os impediam de se libertar.
So they could only lie awake in the dark and think.
Então, eles só podiam ficar acordados no escuro e pensar.

***

In the meantime uncounted millions of years rolled by.
Entretanto, incontáveis milhões de anos se passaram.
They knew all that was occurring in the universe.
Eles sabiam de tudo o que estava acontecendo no universo.
Because their mode of speech was transmitted thought.
Porque seu modo de falar era transmitido pelo pensamento.
Even now they were talking in their tombs.
Até hoje, eles continuam falando em seus túmulos.
Then, after infinities of chaos, the first men came.
Então, após infinitos períodos de caos, surgiram os primeiros
homens.
The great old ones spoke to the sensitive among them.
Os grandes anciãos falaram aos mais sensíveis dentre eles.
They spoke to them by molding their dreams.
Eles se comunicaram com eles moldando seus sonhos.
**Only that way could their language reach the fleshly minds
of mammals.**
Só assim a sua língua poderia alcançar as mentes carnais dos
mamíferos.
Then, whispered Castro, those first men formed the cult.
Então, sussurrou Castro, aqueles primeiros homens formaram
o culto.
They organized themselves around small idols.
Eles se organizaram em torno de pequenos ídolos.
The small idols which the great ones had shown them.
Os pequenos ídolos que os grandes homens lhes haviam
mostrado.
Idols brought from dim eras from dark stars.
Ídolos trazidos de eras obscuras, de estrelas sombrias.
That cult would never die till the stars came right again.

Esse culto jamais morreria até que os astros se alinhassem novamente.

The secret priests were going to take great Cthulhu from His tomb.

Os sacerdotes secretos iriam retirar o grande Cthulhu de seu túmulo.

And they were going to revive His subjects.

E eles iriam reviver Seus súditos.

And then Cthulhu was going to resume His rule of earth.

E então Cthulhu iria retomar seu domínio sobre a Terra.

The right time was going to reveal itself quite clearly.

O momento certo iria se revelar de forma bastante clara.

At that time mankind will have become as the great old ones.

Naquele tempo, a humanidade terá se tornado como os grandes antigos.

They will be free and wild and beyond good and evil.

Eles serão livres e selvagens, e estarão além do bem e do mal.

Laws and morals are going to be thrown aside.

Leis e moral serão deixadas de lado.

All men will be shouting and killing and reveling in joy.

Todos os homens estarão gritando, matando e se deleitando em alegria.

Then the liberated old ones will teach them the new ways.

Então os anciãos libertados lhes ensinarão os novos caminhos.

New ways to shout and kill and revel and enjoy.

Novas maneiras de gritar, matar, festejar e se divertir.

And all the earth will flame with a holocaust of ecstasy and freedom.

E toda a Terra arderá em chamas com um holocausto de êxtase e liberdade.

Meanwhile the cult had to practice the appropriate rites.

Entretanto, o culto teve que praticar os ritos apropriados.

They had to keep alive the memory of those ancient ways.

Eles precisavam manter viva a memória daqueles costumes antigos.

And they had to shadow forth the prophecy of their return.

E eles tiveram que dar continuidade à profecia de seu retorno.

In the elder time chosen men spoke with the entombed Old Ones.

Nos tempos antigos, homens escolhidos conversavam com os Antigos sepultados.

The entombed Old Ones spoke to them in their dreams.

Os Antigos sepultados falaram com eles em seus sonhos.

But then something disturbed their means of communication.

Mas então algo perturbou seus meios de comunicação.

The great stone in the city R'lyeh had sunk beneath the waves.

A grande pedra da cidade de R'lyeh afundou sob as ondas.

And the monoliths and sepulchers were beneath the waters.

E os monólitos e sepulcros estavam submersos.

Deep waters full of the one primal mystery.

Águas profundas repletas de um mistério primordial.

Waters through which not even thought can pass.

Águas por onde nem mesmo o pensamento consegue passar.

Water that cut off their spectral communication.

Água que interrompeu sua comunicação espectral.

But the memory of the rites and rituals never died.

Mas a memória dos ritos e rituais nunca morreu.

And high priests said that the city would rise again.

E os sumos sacerdotes disseram que a cidade ressurgiria.

When the stars were right Cthulhu was going to return.

Quando os astros estivessem alinhados, Cthulhu retornaria.

The moldy black spirits of the earth will come out again.

Os espíritos negros e mofados da terra ressurgirão.

Shadowy black spirits full of dim rumors.

Espíritos negros e sombrios, repletos de rumores obscuros.

***

The spirits collected in caverns beneath forgotten sea-bottoms.

Os espíritos se reuniam em cavernas sob fundos marinhos esquecidos.
But of those spirits old Castro dared not speak much.
Mas sobre esses espíritos o velho Castro não se atrevia a falar muito.
And he hurriedly cut himself off from the topic.
E ele rapidamente se desvencilhou do assunto.
No amount of persuasion could elicit more in this direction.
Nenhuma quantidade de persuasão conseguiria obter mais resultados nessa direção.
No subtlety could convince him to speak of those spirits.
Nenhuma sutileza o convenceria a falar daqueles espíritos.
The size of the old ones, too, he curiously declined to mention.
Ele também se recusou, curiosamente, a mencionar o tamanho dos antigos.
And of the cult he spoke very little too.
E sobre o culto ele também falava muito pouco.
He thought the center lay amid the pathless deserts of Arabia.
Ele acreditava que o centro se encontrava em meio aos desertos inóspitos da Arábia.
There in Irem, the City of Pillars, dreams hidden and untouched.
Ali em Irem, a Cidade dos Pilares, sonhos ocultos e intocados.
This cult was not allied to the European witch-cult.
Este culto não tinha qualquer ligação com o culto das bruxas europeu.
And the cult was virtually unknown beyond its members.
E o culto era praticamente desconhecido fora de seus membros.
No book had ever really hinted of their knowledge.
Nenhum livro jamais havia realmente insinuado o conhecimento deles.
Though the deathless Chinamen said the mad Arab Abdul Alhazred came close.

Embora os chineses imortais tenham dito que o árabe louco
Abdul Alhazred chegou perto.
**He said that there were double meanings in his
Necronomicon.**
Ele disse que havia duplo sentido em seu Necronomicon.
The initiated were free to read it if they wanted to.
Os iniciados eram livres para lê-lo se assim o desejassem.
And they should pay attention to one couplet in particular.
E eles devem prestar atenção a um dístico em particular.
"That which is not dead can sleep for eternity,"
"Aquilo que não está morto pode dormir pela eternidade."
"And with strange eons even death may die."
"E com o passar de eras estranhas, até mesmo a morte pode
morrer."
Legrasse had been deeply impressed by what he heard.
Legrasse ficou profundamente impressionado com o que
ouviu.
And he was not a little bewildered by the tale.
E ele ficou um tanto perplexo com a história.
He inquired in vain about the historic affiliations of the cult.
Ele indagou em vão sobre as afiliações históricas do culto.
**Castro, apparently, had told the truth about the oath of
secrecy.**
Ao que tudo indica, Castro havia dito a verdade sobre o
juramento de sigilo.
**The authorities at Tulane University could not offer much
help either.**
As autoridades da Universidade de Tulane também não
puderam oferecer muita ajuda.
**The were not able to shed no light upon neither cult, nor the
image.**
Eles não conseguiram esclarecer nem o culto, nem a imagem.
**And now the detective had come to the highest authorities in
the country.**
E agora o detetive havia chegado às mais altas autoridades do
país.

And he heard none other than Professor Webb' tale in Greenland.
E ele ouviu nada menos que a história do Professor Webb na Groenlândia.

***

Legrasse's tale aroused feverish interest at the meeting.
A história de Legrasse despertou grande interesse na reunião.
The story was not only significant in its implications.
A história não era significativa apenas por suas implicações.
But the story was also corroborated by the statuette.
Mas a história também foi corroborada pela estatueta.
The excitement echoed in the subsequent correspondence.
A empolgação se refletiu nas correspondências subsequentes.
Those who attended stayed in close contact with each other.
Os participantes mantiveram contato próximo uns com os outros.
Although scant mention occurs in the formal publications.
Embora haja pouca menção a isso nas publicações formais.
Caution is the first care of those accustomed to charlatanry.
A cautela é o primeiro cuidado daqueles que estão acostumados à charlatanice.
Impostures are kept out as much as it is possible.
As imposturas são evitadas ao máximo.
Legrasse for some time lent the image to Professor Webb.
Por algum tempo, Legrasse emprestou a imagem ao Professor Webb.
But at the latter's death the image was returned to him.
Mas, após a morte deste último, a imagem foi devolvida a ele.
And the image remains in Legrasse's possession.
E a imagem permanece em posse de Legrasse.
This is where I viewed the terrible image not long ago.
Foi aqui que vi a imagem terrível não faz muito tempo.
The image is unmistakably akin to Wilcox' dream-sculpture.
A imagem é inegavelmente semelhante à escultura onírica de Wilcox.

It was no wonder my uncle was so excited by his tale.
Não me surpreende que meu tio estivesse tão entusiasmado
com a história.
And I'm not surprised he made the efforts he made.
E não me surpreende que ele tenha feito os esforços que fez.
He had heard everything Legrasse knew of the cult.
Ele tinha ouvido tudo o que Legrasse sabia sobre o culto.
And the strange cultish dreams of a sensitive young man.
E os estranhos sonhos sectários de um jovem sensível.
The bas-relief just like the one from the swamp.
O baixo-relevo é exatamente como o do pântano.
The addition of the devil tablet in Greenland.
A inclusão da tábua do diabo na Groenlândia.
The exact same words used in three remote occurrences.
Exatamente as mesmas palavras foram usadas em três
ocorrências remotas.
**The Eskimo diabolists, the mongrels in Louisiana, and then
Wilcox.**
Os diabólicos esquimós, os vira-latas da Louisiana e, depois,
Wilcox.
What other conclusion could one possibly have come to?
Que outra conclusão seria possível chegar?
It's only natural Professor Angel pursued this conclusion.
É natural que o Professor Angel tenha chegado a essa
conclusão.
And I wouldn't have expected him to be less thorough.
E eu não esperava que ele fosse menos minucioso.
My great-uncle was a man of principled academic rigor.
Meu tio-avô era um homem de rigor acadêmico e princípios
sólidos.
Though privately I also had other plausible theories.
Embora, em particular, eu também tivesse outras teorias
plausíveis.
I suspected young Wilcox of having heard of the cult.
Eu suspeitava que o jovem Wilcox já tivesse ouvido falar do
culto.
Maybe he had heard of the cult in some indirect way.

Talvez ele tivesse ouvido falar do culto de alguma forma indireta.

He could easily have invented a series of dreams.

Ele poderia facilmente ter inventado uma série de sonhos.

That way he could heighten and continue the mystery.

Dessa forma, ele poderia intensificar e prolongar o mistério.

The dream-narratives and cuttings collected did of course corroborate.

Os relatos de sonhos e os recortes coletados, naturalmente, corroboraram essa hipótese.

But the rationalism of my mind had not yet been satisfied.

Mas o racionalismo da minha mente ainda não estava satisfeito.

Coincidences can form highly believable illusions too.

As coincidências também podem criar ilusões extremamente convincentes.

And we have to bear in mind the extravagance of the whole subject.

E temos que levar em conta a extravagância de todo o assunto.

So I was led to adopt what I thought the most sensible conclusions.

Assim, fui levado a adotar o que considerei as conclusões mais sensatas.

I thoroughly studied the manuscript from the beginning.

Estudei o manuscrito minuciosamente desde o início.

And I correlated the theosophical and anthropological notes.

E eu correlacionei as notas teosóficas e antropológicas.

I compared the literature with the cult narrative of Legrasse.

Comparei a literatura com a narrativa cultuada de Legrasse.

I made a trip to Providence to see the sculptor.

Fiz uma viagem a Providence para ver o escultor.

And I intended to give him the rebuke I thought proper.

E eu pretendia dar-lhe a repreensão que considerava apropriada.

There must be consequences, I felt, for the trick he played.

Achei que deveria haver consequências para a brincadeira que ele fez.

He had boldly imposed himself upon a learned and aged man.
Ele se impôs audaciosamente a um homem culto e idoso.

***

Wilcox still lived alone where my uncle had met him.
Wilcox ainda morava sozinho no mesmo lugar onde meu tio o conheceu.
In the Fleur-de-Lys Building in Thomas Street.
No edifício Fleur-de-Lys, na Rua Thomas.
A hideous Victorian imitation of Seventeenth Century Breton architecture.
Uma imitação vitoriana horrenda da arquitetura bretã do século XVII.
The building flaunted its stuccoed front amidst its surroundings.
O edifício ostentava sua fachada de estuque em meio aos arredores.
There were lovely Colonial houses on the ancient hill.
Havia lindas casas coloniais na antiga colina.
And the house stood under the shadow of the finest Georgian steeple in America.
E a casa ficava à sombra da mais bela torre georgiana da América.
I found him at work in his rooms, among his sculptures.
Encontrei-o trabalhando em seus aposentos, entre suas esculturas.
The specimens scattered came from a very unique mind.
Os espécimes dispersos provinham de uma mente muito singular.
At once I conceded that his genius is indeed profound and authentic.
De imediato, reconheci que seu gênio é de fato profundo e autêntico.
He has crystallized in clay that which Arthur Machen evokes in prose.

Ele cristalizou em argila aquilo que Arthur Machen evoca em prosa.

He mirrored in marble the nightmares Clark Ashton Smith put to canvas.

Ele reproduziu em mármore os pesadelos que Clark Ashton Smith transformou em tela.

He will, I believe, be spoken of one day as one of the great decadents.

Creio que um dia ele será lembrado como um dos grandes decadentes.

He was dark, frail, and somewhat unkempt in aspect.

Ele era moreno, frágil e tinha uma aparência um tanto desleixada.

He turned languidly at my knock on his door.

Ele se virou languidamente ao ouvir minha batida na porta.

He didn't rise from his seat when I came in.

Ele não se levantou da cadeira quando eu entrei.

And he asked me what the purpose of my visit was.

E ele me perguntou qual era o propósito da minha visita.

When I told him who I was his interest was piqued.

Quando lhe contei quem eu era, seu interesse foi despertado.

My uncle had excited his curiosity by probing his strange dreams.

Meu tio despertou sua curiosidade ao investigar seus estranhos sonhos.

Although he had never explained the reason for the study.

Embora ele nunca tenha explicado o motivo do estudo.

I did not enlarge his knowledge in this regard.

Não ampliei o conhecimento dele a esse respeito.

But I sought with some subtlety to gain his confidence.

Mas procurei, com alguma sutileza, conquistar sua confiança.

In a short time I became convinced of his absolute sincerity.

Em pouco tempo, convenci-me de sua absoluta sinceridade.

He spoke of the dreams in a manner none could mistake.

Ele falou dos sonhos de uma maneira que ninguém poderia confundir.

His dreams' subconscious residuum had influenced his art profoundly.

Os resquícios subconscientes de seus sonhos influenciaram profundamente sua arte.

He showed me a morbid statue of the likes I had never seen before.

Ele me mostrou uma estátua macabra, diferente de tudo que eu já tinha visto.

The statue's contours almost made me shake with fear.

Os contornos da estátua quase me fizeram tremer de medo.

The potency of the statue's black suggestion was overbearing.

A força da sugestão negra da estátua era avassaladora.

He could not recall having seen the original of this thing.

Ele não se lembrava de ter visto o original daquela coisa.

But the statue was inspired by his own dream bas-relief.

Mas a estátua foi inspirada em um baixo-relevo que ele próprio idealizou.

The outlines had formed themselves insensibly under his hands.

Os contornos se formaram imperceptivelmente sob suas mãos.

It was, no doubt, the giant shape he had raved of in delirium.

Era, sem dúvida, a forma gigante da qual ele havia delirado.

That he really knew nothing of the hidden cult he soon made clear.

Ele logo deixou claro que, na verdade, não sabia nada sobre o culto secreto.

Only my uncle's relentless catechism had given him some clues.

Somente o catecismo incansável do meu tio lhe dera algumas pistas.

And again I strove to explain the obvious conclusions away.

E, mais uma vez, me esforcei para explicar as conclusões óbvias e descartá-las.

How he could possibly have received the weird impressions?

Como ele pôde ter recebido essas impressões estranhas?
He talked of his dreams in a strangely poetic fashion.
Ele falava de seus sonhos de uma maneira estranhamente
poética.
**He made me see with terrible vividness the vistas of his
dream.**
Ele me fez enxergar com terrível vivacidade as paisagens do
seu sonho.
The damp Cyclopean city of slimy green stone.
A cidade ciclópica úmida, feita de pedra verde viscosa.
The geometry he oddly said, was all wrong.
A geometria, disse ele de forma estranha, estava toda errada.
And he spoke of what he heard with frightened expectancy.
E ele falou do que ouviu com uma expectativa apreensiva.
The ceaseless, half-mental calling from underground:
O chamado incessante e quase insano vindo do subterrâneo:
"Cthulhu fhtagn... Cthulhu fhtagn"
"Cthulhu fhtagn... Cthulhu fhtagn"
These words had formed part of that dreaded ritual.
Essas palavras faziam parte daquele ritual temido.
The ritual the told of dead Cthulhu's dream-vigil.
O ritual narrado na vigília onírica do falecido Cthulhu.
The ritual that told of his stone vault at R'lyeh.
O ritual que narrava a história de seu túmulo de pedra em
R'lyeh.
And I felt deeply moved, despite my rational beliefs.
E eu me senti profundamente comovido, apesar das minhas
crenças racionais.
Wilcox, I was sure, had heard of the cult in some casual way.
Eu tinha certeza de que Wilcox já tinha ouvido falar da seita
de alguma forma casual.
He spent his time in a mass of equally weird literature.
Ele dedicou seu tempo a uma vasta quantidade de literatura
igualmente estranha.
He must have forgotten the source of his knowledge.
Ele deve ter esquecido a fonte de seu conhecimento.

Later the cult had found subconscious expression in his dreams.

Mais tarde, o culto encontrou expressão subconsciente em seus sonhos.

But this is natural when stories are so impressive.

Mas isso é natural quando as histórias são tão impressionantes.

Finally the cult's ideas manifested themselves in the bas-relief.

Finalmente, as ideias do culto manifestaram-se no baixo-relevo.

And now the subject of the cult manifested itself in the terrible statue.

E agora o tema do culto se manifestava na terrível estátua.

I was convinced his imposture upon my uncle had been very innocent.

Eu estava convencido de que a farsa que ele havia armado contra meu tio fora completamente inocente.

He both slightly affected, and slightly ill-mannered.

Ele era ao mesmo tempo um pouco afetado e um pouco mal-educado.

He had a disposition which I could never like.

Ele tinha um temperamento que eu nunca consegui apreciar.

But I was willing enough now to admit his genius.

Mas agora eu estava disposto o suficiente para admitir seu gênio.

And I have no way of denying his honesty either.

E eu também não tenho como negar a honestidade dele.

Despite my initial feelings, I took leave of him amicably.

Apesar dos meus sentimentos iniciais, despedi-me dele amigavelmente.

And I wish him all the success his talent promises.

E eu lhe desejo todo o sucesso que seu talento promete.

***

The matter of the cult continued to fascinate me.

A questão do culto continuou a me fascinar.
At times I had visions of the personal fame I could attain.
Por vezes, eu tinha visões da fama pessoal que poderia
alcançar.
I visited New Orleans and talked with Legrasse.
Visitei Nova Orleans e conversei com Legrasse.
And I spoke with other policemen of that swamp raid.
E conversei com outros policiais que participaram daquela
operação no pântano.
I saw the frightful image with my own eyes.
Vi a imagem horrível com meus próprios olhos.
**And I even questioned some of the surviving mongrel
prisoners.**
E cheguei a interrogar alguns dos prisioneiros vira-latas
sobreviventes.
Old Castro, unfortunately, had been dead for some years.
O velho Castro, infelizmente, já havia falecido há alguns anos.
**What I now heard so graphically at first hand excited me
afresh.**
O que ouvi agora, de forma tão vívida e em primeira mão, me
empolgou novamente.
Though it was really no more than a detailed confirmation.
Embora, na verdade, não fosse mais do que uma confirmação
detalhada.
What they told me I had already read in my uncle's notes.
O que eles me disseram eu já tinha lido nas anotações do meu
tio.
I felt sure that I was on the track of a very real secret.
Eu tinha certeza de que estava no caminho certo para
desvendar um segredo muito verdadeiro.
**And I was sure I was going to discover a very ancient
religion.**
E eu tinha certeza de que ia descobrir uma religião muito
antiga.
The discovery would make me an anthropologist of note.
Essa descoberta me tornaria um antropólogo de destaque.
My attitude was still one of absolute rational materialism.

Minha postura ainda era de materialismo racional absoluto.
**And I wish my attitude to the subject matter had not
changed.**
E eu gostaria que minha atitude em relação ao assunto não
tivesse mudado.
**I discounted with almost inexplicable perversity the
coincidences.**
Desconsiderei as coincidências com uma perversidade quase
inexplicável.
**The dream notes and odd cuttings collected by Professor
Angell.**
Anotações de sonhos e recortes diversos coletados pelo
Professor Angell.
**One thing I began to doubt was the cause of my uncle's
death.**
Uma coisa que comecei a duvidar foi a causa da morte do meu
tio.
I began to suspect his death was far from natural.
Comecei a suspeitar que sua morte estava longe de ser natural.
And I now fear I know my uncle's death was not natural.
E agora temo saber que a morte do meu tio não foi natural.
It was on a narrow hill street where he fell.
Foi numa rua estreita e íngreme que ele caiu.
The street lead up from the ancient waterfront.
A rua subia a partir da antiga orla marítima.
The port-town swarms with foreign mongrels.
A cidade portuária está repleta de vira-latas estrangeiros.
He fell after a careless push from a negro sailor.
Ele caiu após um empurrão descuidado de um marinheiro
negro.
**I had not forgotten the mixed blood of the cult-members in
Louisiana.**
Eu não havia esquecido a mistura de sangue dos membros da
seita na Louisiana.
I had not forgotten the sailors in the voodoo orgy.
Eu não havia me esquecido dos marinheiros na orgia vodu.

And would not be surprised to learn that they had other knowledge too.
E não me surpreenderia saber que eles também possuíam outros conhecimentos.
Secret methods as anciently known as the cryptic rites.
Métodos secretos, conhecidos desde a antiguidade como ritos enigmáticos.
Poison needles as ruthless their demonic beliefs.
Agulhas envenenadas, tão implacáveis quanto suas crenças demoníacas.
Legrasse and his men, it is true, have been let alone.
Legrasse e seus homens, é verdade, foram deixados em paz.
But in Norway a certain seaman who saw things is dead.
Mas na Noruega, um certo marinheiro que tinha visões já morreu.
Might not sinister ears have picked up my uncle's interest in the sculptor?
Será que ouvidos curiosos não teriam percebido o interesse do meu tio pelo escultor?
Might not the deeper inquiries of my uncle have drawn someone's attention?
Será que as perguntas mais aprofundadas do meu tio não teriam chamado a atenção de alguém?
I think Professor Angell died because he knew too much.
Acho que o Professor Angell morreu porque sabia demais.
Or he died because he was likely to learn too much.
Ou morreu porque provavelmente aprenderia demais.
Whether I shall go out as he did remains to be seen.
Resta saber se sairei como ele.
Because I too have learned much about Cthulhu.
Porque eu também aprendi muito sobre Cthulhu.

The Madness from the Sea
A Loucura do Mar

There is one great boon heaven could grant me.
Existe uma grande dádiva que o céu poderia me conceder.
The total effacing of the results of a mere chance.
O completo apagamento dos resultados de uma mera
coincidência.
I wish I had never seen that stray piece of paper.
Eu gostaria de nunca ter visto aquele pedaço de papel
perdido.
My daily routine would normally not have taken me there.
Normalmente, minha rotina diária não me levaria a esse lugar.
On any other day I would not have noticed anything.
Em qualquer outro dia, eu não teria notado nada.
It was an old number of an Australian journal.
Era um número antigo de uma revista australiana.
The Sydney Bulletin for April 18, 1925
Boletim de Sydney de 18 de abril de 1925
The paper had even slipped past the cutting bureau.
O documento chegou a passar despercebido pela mesa de
corte.
I had largely given over my inquiries to a friend.
Eu havia delegado grande parte das minhas perguntas a um
amigo.
He had taken on the work of most of the research.
Ele assumiu a maior parte do trabalho de pesquisa.
He had come to refer to the group as the "Cthulhu Cult".
Ele passou a se referir ao grupo como o "Culto de Cthulhu".
I was visiting my learned friend of Paterson, New Jersey.
Eu estava visitando meu amigo erudito de Paterson, Nova
Jersey.
The curator of a local museum, and a mineralogist of note.
O curador de um museu local e um mineralogista de renome.
While at his museum I had access to the reserved specimens.
Durante minha visita ao museu, tive acesso aos espécimes
reservados.

And this is when an odd picture caught my attention.
E foi nesse momento que uma imagem estranha chamou minha atenção.
Beneath one of the stones was the Sydney Bulletin I mentioned.
Debaixo de uma das pedras estava o Sydney Bulletin que mencionei.
My friend has wide affiliations in all conceivable foreign lands.
Meu amigo possui amplas conexões em todos os países estrangeiros imagináveis.
The picture was a half-tone cut of a hideous stone image.
A imagem era um recorte em meio-tom de uma horrenda imagem de pedra.
Almost identical with the stone Legrasse had found in the swamp.
Quase idêntica à pedra que Legrasse havia encontrado no pântano.
Eagerly I read the article for its precious contents.
Li o artigo com grande interesse, devido ao seu valioso conteúdo.
But I was disappointed to find that it was just a short article.
Mas fiquei desapontado ao descobrir que era apenas um artigo curto.
Although brief, the information was of portentous significance.
Embora breve, a informação tinha um significado portentoso.

***

"MYSTERY DERELICT FOUND AT SEA"
"NAVIO MISTERIOSO ABANDONADO ENCONTRADO NO MAR"
Vigilant Arrives With Helpless Armed New Zealand Yacht in Tow.
Vigilant chega rebocando iate armado neozelandês indefeso.
One Survivor and one Dead Man Found Aboard.

Um sobrevivente e um homem morto foram encontrados a bordo.

Tale of Desperate Battle and Deaths at Sea.

História de batalha desesperada e mortes no mar.

Rescued Seaman Refuses Particulars of Strange Experience.

Marinheiro resgatado se recusa a dar detalhes sobre a estranha experiência.

Odd Idol Found in His Possession, Inquiry to Follow.

Ídolo estranho encontrado em sua posse; investigação será realizada.

The Alert of Dunedin yacht, N.Z., had been disabled in battle.

O iate Alert of Dunedin, da Nova Zelândia, foi danificado em combate.

Previously the ship had left from Valparaiso on March 25th.

Anteriormente, o navio havia partido de Valparaíso em 25 de março.

On April 2nd the ship was driven considerably south of her course.

Em 2 de abril, o navio foi desviado consideravelmente para o sul de sua rota.

Exceptionally heavy storms had redirected the ship.

Tempestades excepcionalmente fortes desviaram o navio.

Monster waves forced the ship to take a different route.

Ondas gigantescas obrigaram o navio a mudar de rota.

On April 12th the ship was sighted by another ship.

No dia 12 de abril, o navio foi avistado por outra embarcação.

Latitude 34° 21', Longitude 152° 17'

Latitude 34° 21', Longitude 152° 17'

Initially they thought the ship had been deserted.

Inicialmente, pensaram que o navio havia sido abandonado.

But one still living man had been found on board.

Mas um homem ainda vivo foi encontrado a bordo.

This lone survivor was in a half-delirious condition.

O único sobrevivente encontrava-se em estado de semi-delírio.

The only other victim found was a man already dead a week.

A única outra vítima encontrada era um homem que já estava morto havia uma semana.

Now the heavily armed steam yacht was being towed.

Nesse momento, o iate a vapor fortemente armado estava sendo rebocado.

And this morning the ship was coming in to its wharf.

E esta manhã o navio estava chegando ao cais.

The living man was clutching a horrible stone idol.

O homem vivo segurava um horrível ídolo de pedra.

The stone idol was about a foot in height.

O ídolo de pedra tinha cerca de trinta centímetros de altura.

And the origins of the stone were completely unknown.

E a origem da pedra era completamente desconhecida.

Authorities at Sydney university were baffled.

As autoridades da Universidade de Sydney ficaram perplexas.

The Royal Society couldn't offer information about the idol.

A Royal Society não pôde fornecer informações sobre o ídolo.

And the Museum in College street had no insights either.

E o museu na College Street também não tinha nenhuma informação útil.

The survivor says he found the stone in the cabin of the yacht.

O sobrevivente disse ter encontrado a pedra na cabine do iate.

Allegedly the idol was in a small carved shrine.

Supostamente, o ídolo estava em um pequeno santuário esculpido.

And the carvings of the shrine were of common pattern.

E as esculturas do santuário seguiam um padrão comum.

This man eventually recovered back to his senses.

Esse homem acabou recuperando os sentidos.

And he told an exceedingly strange story of piracy and slaughter.

E ele contou uma história extremamente estranha de pirataria e massacre.

He is Gustaf Johansen, a Norwegian of some intelligence.

Ele é Gustaf Johansen, um norueguês de certa inteligência.

And he had been second mate of the two-masted schooner Emma of Auckland.

E ele havia sido o segundo imediato da escuna de dois mastros Emma, em Auckland.

The ship sailed for Callao February 20th, manned by eleven sailors.

O navio zarpou rumo a Callao em 20 de fevereiro, com uma tripulação de onze marinheiros.

The ship, he says, was delayed and thrown widely south of her course.

Segundo ele, o navio sofreu atraso e foi desviado para o sul de sua rota.

There was a great storm on March 1st, and on March 22nd.

Houve uma grande tempestade no dia 1º de março e no dia 22 de março.

On their journey they encountered another ship.

Em sua jornada, eles encontraram outro navio.

This was in S. Latitude 49° 51′, W. Longitude 128° 34′

Isso ocorreu nas coordenadas 49° 51' de latitude sul e 128° 34' de longitude oeste.

This ship was manned by a queer and evil-looking crew.

Este navio era tripulado por uma equipe estranha e de aparência maligna.

All the men were of Kanakas and half-castes.

Todos os homens eram de origem Kanaka ou mestiços.

Being ordered peremptorily to turn back, Capt. Collins refused.

Ao receber ordens peremptórias para retornar, o Capitão Collins recusou.

Without warning the strange crew began to shoot savagely upon the schooner.

Sem aviso prévio, a estranha tripulação começou a atirar selvagemente contra a escuna.

They shot a peculiarly heavy battery of brass cannon.

Eles dispararam uma bateria particularmente pesada de canhões de bronze.

The men from his ship showed fighting spirit, says the survivor.

Os homens de seu navio demonstraram espírito de luta, disse o sobrevivente.

The schooner began to sink from shots beneath the waterline.

A escuna começou a afundar devido aos disparos abaixo da linha d'água.

But they managed to heave alongside their enemy boat, and board her.

Mas eles conseguiram se aproximar do barco inimigo e embarcar.

They grappled with the savage crew on the yacht's deck.

Eles entraram em luta corporal com a tripulação selvagem no convés do iate.

Their mode of fighting seemed to be strangely clumsy.

O modo como lutavam parecia estranhamente desajeitado.

But defeat did not seem to be an option for these savage men.

Mas a derrota não parecia ser uma opção para esses homens selvagens.

They had a particularly abhorrent and desperate way of fighting.

Eles tinham um modo de lutar particularmente abominável e desesperado.

So they had no choice but to kill all men of the enemy ship.

Então eles não tiveram outra escolha senão matar todos os homens do navio inimigo.

Three of their men were also killed in the fight.

Três dos seus homens também foram mortos no confronto.

Capt. Collins and First Mate Green were among the dead.

O capitão Collins e o imediato Green estavam entre os mortos.

Second Mate Johansen took over control from First Mate Green.

O segundo imediato Johansen assumiu o comando do primeiro imediato Green.

And the remaining eight men proceeded to navigate the captured yacht.

E os oito homens restantes prosseguiram com a condução do iate capturado.

They proceeded to continue in the original direction they were going.

Eles prosseguiram na direção original em que estavam indo.

To see if there had been any reason they were ordered to turn around.

Para verificar se havia algum motivo para terem recebido ordem de voltar.

***

The next day, it appears, they landed on a small island.

No dia seguinte, ao que parece, eles desembarcaram em uma pequena ilha.

Although no island is known to exist in that part of the ocean.

Embora não se conheça nenhuma ilha nessa parte do oceano.

Six of the men somehow died ashore while on the island.

Seis dos homens morreram em terra enquanto estavam na ilha.

Though Johansen is queerly reticent about this part of his story.

Embora Johansen seja estranhamente reservado sobre essa parte de sua história.

And he speaks only of their falling into a rock chasm.

E ele fala apenas da queda deles em um desfiladeiro rochoso.

Later, it seems, he and one companion boarded the yacht.

Mais tarde, ao que parece, ele e um acompanhante embarcaram no iate.

Together they tried to sail the ship, undermanned.

Juntos, eles tentaram conduzir o navio, que estava com tripulação reduzida.

But they were beaten about by the storm of April 2nd.

Mas eles foram duramente atingidos pela tempestade de 2 de abril.

From that time till his rescue on the 12th, the man remembers little.

A partir desse momento até seu resgate no dia 12, o homem se lembra de pouca coisa.

And he does not even recall when William Briden, his companion, died.

E ele nem sequer se lembra de quando William Briden, seu companheiro, morreu.

Autopsy could reveal no obvious cause to Briden's death.

A autópsia não revelou nenhuma causa óbvia para a morte de Briden.

The most likely cause of death is exposure to the elements.

A causa mais provável de morte é a exposição aos elementos.

The Dunedin reported that their boat, the Alert, was well known.

O jornal Dunedin informou que seu barco, o Alert, era bem conhecido.

The island traders bore an evil reputation along the waterfront.

Os comerciantes da ilha tinham uma má reputação ao longo da orla marítima.

The ship was owned by a curious group of half-castes.

O navio pertencia a um curioso grupo de mestiços.

Frequent meetings and night trips to the woods attracted curiosity.

Encontros frequentes e passeios noturnos à floresta despertaram a curiosidade.

The ship had set sail in great haste on March 1st.

O navio zarpou às pressas no dia 1º de março.

Just after the storm, and the earth tremors that night.

Logo após a tempestade e os tremores de terra naquela noite.

Our Auckland correspondent gives the Emma excellent reputation.

Nosso correspondente em Auckland atribui uma excelente reputação ao Emma.

The Crew from the Emma were held very in high regard.
A tripulação do Emma era muito bem conceituada.
And Johansen is described as a sober and worthy man.
E Johansen é descrito como um homem sóbrio e digno.
The admiralty will institute an inquiry on the whole matter.
O Almirantado instaurará um inquérito sobre toda a questão.
Starting tomorrow they will collect all relevant information.
A partir de amanhã, eles coletarão todas as informações
relevantes.
Every effort will be made to induce Johansen to speak.
Serão feitos todos os esforços para induzir Johansen a falar.
**This and the hellish image were all the information I had to
go on.**
Essa informação, juntamente com a imagem infernal, era tudo
o que eu tinha para me basear.
**But what a train of ideas that little information started in my
mind!**
Mas quanta linha de ideias essa pouca informação despertou
na minha mente!
Here were new treasuries of data on the Cthulhu Cult.
Ali estavam novos tesouros de dados sobre o Culto de
Cthulhu.
The cult not only had interests on land.
O culto não tinha interesses apenas em terras.
**Now there was evidence they also had connections to the
sea.**
Agora havia evidências de que eles também tinham ligações
com o mar.
**What motive prompted the hybrid crew to order back the
Emma?**
Que motivo levou a tripulação híbrida a ordenar o retorno da
Emma?
Why did they sail about with their hideous idol?
Por que eles navegavam por aí com seu ídolo horrendo?
**What was the unknown island on which six of the Emma's
crew had died?**

Que ilha desconhecida era aquela onde seis tripulantes do Emma morreram?

And why was Johansen so secretive about their death?

E por que Johansen manteve tanto segredo sobre a morte deles?

What had the vice-admiralty's investigation brought out?

O que a investigação do vice-almirantado revelou?

And what was known of the noxious cult in Dunedin?

E o que se sabia sobre o culto nefasto em Dunedin?

Nor could one help but marvel at the timing of the events.

E era impossível não se maravilhar com a coincidência dos acontecimentos.

There was a deep and more than natural linkage between the dates.

Existia uma ligação profunda e mais do que natural entre as datas.

A malign and now undeniable significance to the various turns of events.

Uma importância maligna e agora inegável para os vários rumos dos acontecimentos.

***

My uncle had noted with great care the connecting events.

Meu tio havia anotado com muita atenção os eventos relacionados.

On March 1st the earthquake and storm had come.

No dia 1º de março, ocorreram o terremoto e a tempestade.

February 28th, according to the International Date Line.

28 de fevereiro, de acordo com a Linha Internacional de Data.

From Dunedin the noisome crew of the Alert darted eagerly forth.

Partindo de Dunedin, a barulhenta tripulação do Alert lançou-se a toda velocidade.

They moved as if they had been imperiously summoned.

Eles se moviam como se tivessem sido convocados de forma imperiosa.

On the other side of the earth the other events unfolded.

Do outro lado do mundo, outros eventos se desenrolaram.

Poets and artists had begun to have their strange dreams.

Poetas e artistas começaram a ter sonhos estranhos.

Dreams of a dank Cyclopean city from times long gone.

Sonhos de uma cidade ciclópica úmida de tempos remotos.

A young sculptor was persuaded by these dreams too.

Um jovem escultor também foi persuadido por esses sonhos.

In his sleep he molded the form of the dreaded Cthulhu.

Em seu sono, ele moldou a forma do temido Cthulhu.

On March 23rd the crew of the Emma landed on an unknown island.

Em 23 de março, a tripulação do Emma desembarcou em uma ilha desconhecida.

There on that island they left six men dead.

Naquela ilha, eles deixaram seis homens mortos.

On that date the dreams of sensitive men assumed a heightened vividness.

Nessa data, os sonhos dos homens sensíveis assumiam uma vivacidade ainda maior.

Their dreams darkened with dread of a giant monster's malign pursuit.

Seus sonhos se obscureceram com o pavor da perseguição maligna de um monstro gigante.

One architect went mad from his dreams that night.

Naquela noite, um arquiteto enlouqueceu com os sonhos que teve.

And a sculptor had lapsed suddenly into delirium!

E um escultor entrou subitamente em delírio!

And then there was the storm of April 2nd.

E então veio a tempestade de 2 de abril.

The date on which all dreams of the dank city ceased.

A data em que todos os sonhos da cidade úmida cessaram.

Wilcox emerged unharmed from the bondage of strange fever.

Wilcox saiu ileso do cativeiro de uma estranha febre.

And everything appeared to be normal again.

E tudo parecia ter voltado ao normal.
But what about the hints old Castro had suggested?
Mas e as dicas que o velho Castro havia sugerido?
What about the sunken, star-born old ones?
E quanto aos antigos seres afundados, nascidos das estrelas?
What about their promised return and coming reign?
E quanto ao seu prometido retorno e reinado vindouro?
What about their faithful cult and their mastery of dreams?
E quanto ao seu culto fiel e ao seu domínio dos sonhos?
Was I tottering on the brink of cosmic horrors?
Estaria eu à beira de horrores cósmicos?
Cosmic horrors far beyond man's power to bear?
Horrores cósmicos muito além da capacidade de suporte do homem?
If so, they must be horrors of the mind alone.
Se assim for, devem ser horrores apenas da mente.
On the second of April there was sudden coordinated calm.
No dia 2 de abril, houve uma súbita e coordenada calma.
The monstrous menace that sieged mankind's soul had vanished.
A ameaça monstruosa que assolava a alma da humanidade havia desaparecido.
That evening I made all necessary arrangements for onwards travel.
Naquela noite, fiz todos os preparativos necessários para a minha viagem subsequente.
I bade my host adieu and took a train for San Francisco.
Despedi-me do meu anfitrião e peguei um trem para São Francisco.

***

In less than a month I was at the port of Dunedin.
Em menos de um mês, eu já estava no porto de Dunedin.
Here, however, my investigation stumbled slightly.
Aqui, porém, minha investigação encontrou um pequeno obstáculo.

I inquired in the old sea taverns where the men had
lingered.

Perguntei nas antigas tabernas à beira-mar onde os homens
costumavam ficar.

But little was known of the strange cult members.

Mas pouco se sabia sobre os estranhos membros do culto.

Waterfront scum was far too common for special mention.

A escória da orla era tão comum que merecia ser mencionada.

**But there was vague talk about one inland trip these
mongrels had made.**

Mas houve uma vaga menção a uma viagem que esses vira-
latas fizeram pelo interior.

**Faint drumming and red flames were noted on the distant
hills.**

Um leve som de tamborilar e chamas vermelhas foram
avistados nas colinas distantes.

In Auckland I learned only a little more of Johansen.

Em Auckland, aprendi apenas um pouco mais sobre Johansen.

He had been taken to Sydney for the investigation.

Ele foi levado para Sydney para interrogatório.

**A perfunctory and inconclusive questioning turned his hair
white.**

Um interrogatório superficial e inconclusivo fez com que seus
cabelos ficassem brancos.

Thereafter he sold his cottage in West Street.

Em seguida, ele vendeu sua casa de campo na West Street.

And he sailed with his wife to his old home in Oslo.

E ele navegou com sua esposa de volta para sua antiga casa
em Oslo.

His experience had clearly stirred him deeply.

Sua experiência claramente o havia comovido profundamente.

**But he told his friends no more than he had told the
admiralty officials.**

Mas ele não contou aos amigos mais do que havia contado aos
oficiais do almirantado.

And all they could do was to give me his Oslo address.

E tudo o que eles puderam fazer foi me dar o endereço dele em Oslo.

After that I went to Sydney and talked profitlessly with seamen.

Depois disso fui para Sydney e conversei, sem sucesso, com marinheiros.

Members of the vice-admiralty court could not enlighten me either.

Os membros do tribunal do vice-almirantado também não puderam me esclarecer.

I tracked the Alert down to Circular Quay in Sydney Cove.

Localizei o alerta em Circular Quay, em Sydney Cove.

The ship had been sold and was again in commercial use.

O navio havia sido vendido e estava novamente em uso comercial.

But I could gain no further clues from the ship's cargo.

Mas não consegui obter mais pistas da carga do navio.

The image was preserved in the Museum at Hyde Park.

A imagem foi preservada no Museu de Hyde Park.

The cuttlefish head, dragon body, and scaly wings.

Cabeça de choco, corpo de dragão e asas escamosas.

The monster crouching atop the hieroglyphed pedestal.

O monstro agachado sobre o pedestal com hieróglifos.

I studied every detail of the idol long and well.

Estudei cada detalhe do ídolo longa e minuciosamente.

The relic was a thing of balefully exquisite workmanship.

A relíquia era uma obra de requinte sinistro.

I couldn't help but notice the similarity to Legrasse's smaller specimen.

Não pude deixar de notar a semelhança com o espécime menor de Legrasse.

Both idols had the same utter mystery and terrible antiquity.

Ambos os ídolos possuíam o mesmo mistério absoluto e uma antiguidade terrível.

And both idols had the same unearthly strangeness of material.

E ambos os ídolos possuíam a mesma estranheza material
sobrenatural.

**Geologists, the curator told me, had found it a monstrous
puzzle.**

Os geólogos, disse-me o curador, consideraram aquilo um
enigma monstruoso.

They insisted that the world held no rock like this one.

Eles insistiram que não havia nenhuma rocha como esta no
mundo.

**Then I thought with a shudder of what old Castro had told
Legrasse.**

Então me lembrei, com um arrepio, do que o velho Castro
havia dito a Legrasse.

The tale of the primal great ones, sunken under the sea.

A história dos grandes seres primordiais, afundados sob o
mar.

"They had come from the stars."

"Eles vieram das estrelas."

"They had brought their images with them."

"Eles trouxeram suas imagens consigo."

**I was shaken with a mental revolution as I had never before
known.**

Fui abalado por uma revolução mental como nunca antes
havia experimentado.

**I was now completely resolved to visit Mate Johansen in
Oslo.**

Agora eu estava completamente decidido a visitar Mate
Johansen em Oslo.

**Sailing for London, I re-embarked at once for the Norwegian
capital.**

Navegando rumo a Londres, embarquei novamente
imediatamente para a capital norueguesa.

And one autumn day I landed at the wharves.

E num certo dia de outono, desembarquei nos cais.

***

Johansen's hometown was in the shadow of the Egeberg.

A cidade natal de Johansen ficava à sombra do Egeberg.

I discovered he lived in the Old Town of King Harold Haardrada.

Descobri que ele morava na Cidade Velha do Rei Haroldo Haardrada.

For centuries the greater city had masqueraded as "Christiania".

Durante séculos, a cidade maior se disfarçou de "Christiania".

King Harald Hardrada kept alive the name of Oslo.

O rei Harald Hardrada manteve vivo o nome de Oslo.

I made the brief trip to his residences by taxicab.

Fiz a breve viagem até sua residência de táxi.

A neat and ancient building with plastered front.

Um edifício antigo e bem cuidado, com fachada rebocada.

And I knocked with palpitant heart at the door.

E bati à porta com o coração palpitante.

A sad-faced woman in black answered my summons.

Uma mulher de semblante triste, vestida de preto, atendeu ao meu chamado.

I was stung with disappointment at the sight.

Fiquei profundamente decepcionado com a cena.

She told me in halting English that Gustaf Johansen was no more.

Ela me disse, em inglês hesitante, que Gustaf Johansen havia falecido.

He had not long survived his return, said his wife.

Ele não sobreviveu muito tempo ao seu retorno, disse sua esposa.

The doings at sea in 1925 had broken him.

Os acontecimentos no mar em 1925 o destruíram.

He had told her no more than he had told the public.

Ele não lhe contou nada mais do que havia contado ao público.

But he had left a long manuscript of "technical matters".

Mas ele havia deixado um longo manuscrito sobre "assuntos técnicos".

These notes of the voyage had been written in English.

Essas anotações da viagem foram escritas em inglês.

Evidently in order to safeguard her from the peril of casual perusal.

Evidentemente, para protegê-la do perigo de uma leitura superficial.

He had gone for a walk through a narrow lane near the Gothenburg dock.

Ele tinha ido dar um passeio por uma viela estreita perto do cais de Gotemburgo.

A bundle of papers falling from an attic window had knocked him down.

Um maço de papéis que caiu da janela do sótão o derrubou.

Two Lascar sailors at once helped him to his feet.

Dois marinheiros lascares o ajudaram a se levantar imediatamente.

But before the ambulance could reach him he was dead.

Mas antes que a ambulância pudesse chegar até ele, ele já estava morto.

The physicians found no adequate cause for his death.

Os médicos não encontraram nenhuma causa adequada para sua morte.

They mostly attributed his death to heart trouble.

A maioria atribuiu sua morte a problemas cardíacos.

But they added his weakened constitution most likely contributed.

Mas acrescentaram que sua saúde debilitada provavelmente contribuiu para isso.

I now felt a deep gnawing at my vitals.

Senti então uma profunda angústia me corroendo por dentro.

A dark terror which will never leave me till I, too, am at rest.

Um terror sombrio que nunca me abandonará até que eu também encontre a paz.

Whether my death will come "accidentally" or not I can't tell.

Não sei dizer se minha morte será "acidental" ou não.

I spoke to the widow about her husband's work.

Conversei com a viúva sobre o trabalho do marido dela.

And I persuaded her I had a "technical" connection to him.
E eu a convenci de que tinha uma ligação "técnica" com ele.
So she felt I was sufficiently entitled to the manuscript.
Então ela achou que eu tinha direito suficiente ao manuscrito.
And so I attained the dead man's writing.
E assim consegui obter a escrita do homem morto.
I began to read the documents on the boat to London.
Comecei a ler os documentos no barco a caminho de Londres.
They were little more than simple, rambling notes.
Eram pouco mais do que anotações simples e desconexas.
A naive sailor's effort at a post-facto diary.
A tentativa ingênua de um marinheiro de escrever um diário
retrospectivo.
He strove to recall that last awful voyage day by day.
Ele se esforçava para relembrar aquela última viagem terrível
dia após dia.
I cannot attempt to transcribe his notes verbatim.
Não posso tentar transcrever suas anotações palavra por
palavra.
The manuscript is clouded with vagueness and redundance.
O manuscrito está repleto de imprecisões e redundâncias.
But I will tell the gist of what he wrote.
Mas vou contar a essência do que ele escreveu.
**Perhaps then you will understand why I stuffed my ears
with cotton.**
Talvez então você entenda por que tapei meus ouvidos com
algodão.
**The sound of the water against the vessel's sides became
unendurable.**
O som da água batendo nas laterais da embarcação tornou-se
insuportável.

*****

Johansen, thank God, did not quite know what he had seen.
Graças a Deus, Johansen não sabia exatamente o que tinha
visto.

But it is evident he had seen the city and the Thing.
Mas é evidente que ele tinha visto a cidade e a Coisa.
I shall never sleep calmly again when I think of the horrors.
Nunca mais conseguirei dormir em paz ao pensar nos
horrores.
**The horrors that lurk ceaselessly behind life in time and
space.**
Os horrores que espreitam incessantemente por trás da vida
no tempo e no espaço.
Those unhallowed blasphemies that come from elder stars.
Aquelas blasfêmias profanas que emanam de estrelas
ancestrais.
Dreamers beneath the sea known only by a nightmare cult.
Sonhadores sob o mar, conhecidos apenas por um culto de
pesadelos.
**A cult ready and eager to release these monsters into the
world.**
Um culto pronto e ansioso para libertar esses monstros no
mundo.
**Whenever another earthquake raises their monstrous stone
city again.**
Sempre que outro terremoto ergue novamente sua monstruosa
cidade de pedra.
When Cthulhu is under the light of the sun once more.
Quando Cthulhu estiver novamente sob a luz do sol.
**Johansen's voyage had begun just as he told it to the vice-
admiralty.**
A viagem de Johansen começara exatamente como ele a
relatara ao vice-almirantado.
**The Emma, in ballast, had cleared Auckland on February
20th.**
O navio Emma, em lastro, havia deixado Auckland em 20 de
fevereiro.
**The ship had felt the full force of that earthquake-born
tempest.**
O navio sentiu toda a força daquela tempestade causada pelo
terremoto.

The horrors from the sea-bottom that filled men's dreams.
Os horrores do fundo do mar que povoavam os sonhos dos homens.
Once under control again the ship was making good progress.
Assim que o controle foi restabelecido, o navio estava fazendo bom progresso.
But then the ship was held up by the Alert on March 22nd.
Mas então o navio foi retido pelo alerta em 22 de março.
I could feel the mate's regret as he wrote of her bombardment and sinking.
Consegui sentir o pesar do imediato enquanto ele escrevia sobre o bombardeio e o naufrágio dela.
Of the swarthy cult-fiends on the other boat he speaks with horror.
Ele fala com horror dos fanáticos de pele escura no outro barco.
There was some peculiarly abominable quality about them.
Havia neles alguma qualidade particularmente abominável.
Something made their destruction seem almost a duty.
Algo fazia com que sua destruição parecesse quase um dever.
This point was brought up during the proceedings of the court of inquiry.
Essa questão foi levantada durante os procedimentos do tribunal de inquérito.
Johansen shows ingenuous wonder at the accusation of ruthlessness.
Johansen demonstra um espanto ingênuo diante da acusação de crueldade.
Curiosity is what drove the men on in their captured yacht.
Foi a curiosidade que impulsionou os homens a seguirem em frente com o iate capturado.
Sticking out of the sea the men sighted a great stone pillar.
Os homens avistaram um grande pilar de pedra emergindo do mar.
In South Latitude 47° 9', West Longitude 126° 43' they come upon a coastline.

Nas coordenadas 47° 9' de latitude sul e 126° 43' de longitude oeste, eles chegam a uma área costeira.

The coastline was of mingled mud, ooze, and weedy Cyclopean masonry.

O litoral era uma mistura de lama, lodo e alvenaria ciclópica coberta de vegetação.

Nothing less than the tangible substance of earth's supreme terror.

Nada menos que a substância tangível do terror supremo da Terra.

They had come across the nightmare corpse-city of R'lyeh.

Eles haviam se deparado com a cidade-cadáver de R'lyeh, um verdadeiro pesadelo.

A city built in measureless eons behind history.

Uma cidade construída ao longo de incontáveis eras, muito além da história.

Monuments to vast loathsome shapes that seeped down from the dark stars.

Monumentos a vastas formas repugnantes que emanavam das estrelas escuras.

There lay great Cthulhu and his hordes for incalculable cycles.

Ali jaziam o grande Cthulhu e suas hordas por incontáveis ciclos.

Hidden in green slimy vaults, they sent out their thoughts.

Escondidos em cofres verdes e viscosos, eles enviavam seus pensamentos.

The thoughts that spread fear to the dreams of the sensitive.

Os pensamentos que espalham medo até os sonhos dos sensíveis.

The thoughts that called imperiously to the faithful.

Os pensamentos que chamavam imperiosamente os fiéis.

"Come on a pilgrimage of liberation and restoration."

"Venha em uma peregrinação de libertação e restauração."

All this horror Johansen had no way of suspecting.

Johansen não tinha como suspeitar de todo esse horror.

But God knows he had soon seen enough!

Mas Deus sabe que ele logo teve o suficiente!

I suppose what they saw was only a single mountain-top.

Suponho que o que eles viram foi apenas o topo de uma única montanha.

Soon the rest of the city emerged from the waters.

Em pouco tempo, o resto da cidade emergiu das águas.

The hideous monolith-crowned citadel where great Cthulhu was buried.

A horrenda cidadela coroada por um monolito, onde o grande Cthulhu foi sepultado.

I shudder to think of all that may be brooding down there.

Só de pensar em tudo o que pode estar acontecendo lá embaixo, me arrepio.

And I almost wish to kill myself to stop these thoughts.

E eu quase desejo me matar para acabar com esses pensamentos.

***

Johansen and his men were awed by the cosmic majesty.

Johansen e seus homens ficaram maravilhados com a majestade cósmica.

They beheld the sight of this dripping Babylon of elder demons.

Eles contemplaram a visão dessa Babilônia gotejante, repleta de demônios ancestrais.

They must have guessed without guidance what it was they saw.

Eles devem ter adivinhado, sem qualquer orientação, o que viram.

What they saw was nothing of this or of any sane planet.

O que eles viram não se parecia em nada com isso, nem com nada que se assemelhasse a um planeta normal.

The unbelievable size of the greenish stone blocks.

O tamanho inacreditável dos blocos de pedra esverdeada.

The dizzying height of the great carven monolith.

A altura vertiginosa do grande monólito esculpido.

And then there was the bas-reliefs found on the captured ship.

E depois havia os baixos-relevos encontrados no navio capturado.

The colossal statues mirrored the scene on the carvings.

As estátuas colossais refletiam a cena das esculturas.

Johansen achieved something very close to futurism.

Johansen alcançou algo muito próximo do futurismo.

Because he did not describe any definite structure or building.

Porque ele não descreveu nenhuma estrutura ou edifício específico.

He dwelled on the broad impressions of vast angles and stone surfaces.

Ele se deteve nas amplas impressões dos vastos ângulos e superfícies de pedra.

Surfaces too great to belong to anything right or proper for this earth.

Superfícies tão vastas que não pertencem a nada que seja certo ou apropriado para esta Terra.

Surfaces impious with horrible images and hieroglyphs.

Superfícies ímpias com imagens e hieróglifos horríveis.

There is a reason I mention his talk about angles.

Há um motivo para eu mencionar a palestra dele sobre ângulos.

It reminds me of something Wilcox had told me of his awful dreams.

Isso me lembra algo que Wilcox me contou sobre seus sonhos terríveis.

He had said that the geometry of the dream-place he saw was abnormal.

Ele havia dito que a geometria do lugar onírico que vira era anormal.

Non-Euclidean spheres unlike anything here on earth.

Esferas não euclidianas, diferentes de tudo o que existe aqui na Terra.

Loathsomely redolent dimensions completely unlike ours.

Dimensões repugnantemente odoríferas, completamente diferentes das nossas.

Now a seaman was describing the exact same thing.

Um marinheiro estava descrevendo exatamente a mesma coisa.

They bad both had the same terrible glimpse of this reality.

Ambos tiveram o mesmo vislumbre terrível dessa realidade.

Johansen and his men landed at a sloping mud-bank.

Johansen e seus homens desembarcaram em um barranco lamacento.

And they looked up at this monstrous Acropolis.

E eles olharam para aquela Acrópole monstruosa.

They clambered slippery up over titan oozy blocks.

Eles escalaram blocos gigantescos e viscosos, escorregadios como pedras.

Blocks which could have been no mortal staircase.

Blocos que não poderiam ter sido uma escada mortal.

The very sun of heaven seemed distorted in this mist.

Até mesmo o sol do céu parecia distorcido nessa névoa.

A polarizing miasma welling out from this sea-soaked perversion.

Uma névoa polarizadora emanando dessa perversão banhada pelo mar.

Twisted menace and suspense lurked in those elusive rocks.

Uma ameaça sinistra e um suspense espreitavam naquelas rochas misteriosas.

A second glance showed concavity where the first showed convexity.

Uma segunda olhada revelou concavidade onde a primeira mostrava convexidade.

Something very like fright had come over all the explorers.

Algo muito parecido com medo tomou conta de todos os exploradores.

Each man would have fled had he not feared the scorn of the others.

Cada um teria fugido se não temesse o desprezo dos outros.

And it was only half-heartedly that they vainly searched.

E eles buscaram em vão, sem muita convicção.

They were looking for some portable souvenir to bear away.

Eles estavam procurando alguma lembrança portátil para levar consigo.

It was Rodriguez, the Portuguese, who climbed up the foot of the monolith.

Foi Rodríguez, o português, quem subiu até a base do monólito.

From there he shouted of what he had found.

De lá, ele gritou o que havia encontrado.

The rest followed him to the foot of the monolith.

Os demais o seguiram até a base do monólito.

They looked curiously at the immense door in front of them.

Eles olharam com curiosidade para a imensa porta à sua frente.

The now familiar squid-dragon was carved on the door.

A já conhecida figura do dragão-lula estava esculpida na porta.

It was, Johansen said, like a great barn-door.

Segundo Johansen, era como uma enorme porta de celeiro.

Although they said it only gave the impression of a door.

Embora tenham dito que dava apenas a impressão de ser uma porta.

They could not decide if the door lay flat like a trap-door.

Eles não conseguiam decidir se a porta ficava plana como um alçapão.

Or maybe the opening was slanted like an outside cellar-door.

Ou talvez a abertura fosse inclinada, como a porta externa de um porão.

As Wilcox would have said, the geometry of the place was all wrong.

Como diria Wilcox, a geometria do lugar estava completamente errada.

One could not be sure that the sea and the ground were horizontal.

Não se podia ter certeza de que o mar e a terra eram horizontais.

Hence the relative position of everything else seemed phantasmally variable.

Assim, a posição relativa de tudo o mais parecia fantasmagórica e variável.

Briden pushed at the stone in several places, without result.

Briden tentou empurrar a pedra em vários lugares, sem sucesso.

Then Donovan felt delicately over around the edge of the door.

Então Donovan tateou delicadamente ao redor da borda da porta.

He climbed interminably along the grotesque stone molding.

Ele subiu interminavelmente ao longo da grotesca moldura de pedra.

Although, if you could really call it climbing is debatable.

No entanto, se é que se pode realmente chamar aquilo de escalada, é discutível.

Perhaps the door was more horizontal than vertical.

Talvez a porta fosse mais horizontal do que vertical.

And the men wondered how any door in the universe could be so vast.

E os homens se perguntavam como uma porta no universo poderia ser tão vasta.

Then, very softly and slowly, something began to happen.

Então, muito suavemente e lentamente, algo começou a acontecer.

The acre-great panel began to give inward at the top.

O painel, com cerca de um acre de largura, começou a ceder para dentro na parte superior.

And they saw that the door had balanced itself.

E eles viram que a porta se equilibrou sozinha.

***

Donovan somehow propelled himself back along the jamb.

De alguma forma, Donovan se impulsionou de volta ao longo da ombreira.

And everyone watched the queer recession of the monstrously carven portal.

E todos observaram o estranho recuo do portal monstruosamente esculpido.

In this fantasy of prismatic distortion it moved anomalously in a diagonal way.

Nessa fantasia de distorção prismática, ele se movia de forma anômala na diagonal.

All the rules of matter and perspective seemed confused.

Todas as regras da matéria e da perspectiva pareciam confusas.

The aperture was black with a darkness almost material.

A abertura era negra, com uma escuridão quase material.

That tenebrousness was indeed a positive quality.

Essa penumbra era, de fato, uma qualidade positiva.

The men were spared from seeing the inner walls.

Os homens foram poupados de ver as paredes internas.

The darkness burst forth like smoke from its eon-long imprisonment.

A escuridão irrompeu como fumaça de seu aprisionamento de eras.

The sun was visibly darkened by flapping membranous wings.

O sol estava visivelmente escurecido pelo bater de asas membranosas.

And the shadow slunk away into the shrunken and gibbous sky.

E a sombra esgueirou-se para o céu encolhido e giboso.

The odor arising from the newly opened depths was intolerable.

O odor que emanava das profundezas recém-descobertas era insuportável.

The quick-eared Hawkins thought he heard a nasty, slopping sound.

Hawkins, que tinha ouvidos aguçados, achou ter ouvido um som desagradável e molhado.

His ears were confirmed when It lumbered slobberingly into sight.

Seus ouvidos se confirmaram quando aquilo surgiu, babando e se arrastando, à vista de todos.

Its gelatinous green immensity groped through the black hall.

Sua imensidão verde gelatinosa tateava pelo corredor negro.

And Its ooze and smell squeezed through the angled door.

E seu líquido viscoso e cheiro forte escapavam pela porta inclinada.

The Thing went into the tainted air of that poison city of madness.

A Coisa adentrou o ar contaminado daquela cidade venenosa da loucura.

Poor Johansen's handwriting almost gave out when he wrote of this.

A letra do pobre Johansen quase sumiu quando ele escreveu isso.

He thinks two men perished of pure fright in that accursed instant.

Ele acredita que dois homens morreram de puro pavor naquele instante maldito.

The Thing cannot be described with our language.

A Coisa não pode ser descrita com a nossa linguagem.

There are no words for such abysms of shrieking and immemorial lunacy.

Não há palavras para descrever tais abismos de gritos e loucura imemorial.

Eldritch contradictions of all matter, force, and cosmic order.

Contradições sobrenaturais de toda a matéria, força e ordem cósmica.

A mountain that walked and stumbled on the earth. God!

Uma montanha que caminhava e tropeçava na terra. Deus!

No wonder that across the earth a great architect went mad.

Não é de admirar que um grande arquiteto do outro lado do mundo tenha enlouquecido.

No wonder poor Wilcox raved with fever in that telepathic instant.

Não admira que o pobre Wilcox tenha delirado com febre naquele instante telepático.

The green, sticky spawn of the stars, was walking the earth.

A cria verde e pegajosa das estrelas caminhava sobre a Terra.

The Thing of the idols had awaked to claim his own.

A Coisa dos ídolos despertou para reivindicar o que era seu.

The stars were aligned again, as was predicted.

Os astros se alinharam novamente, como previsto.

An age-old cult had failed in their duties.

Um culto ancestral falhou em cumprir seus deveres.

And a band of innocent sailors fulfilled their role by accident.

E um grupo de marinheiros inocentes cumpriu seu papel por acidente.

After vigintillions of years great Cthulhu was loose again.

Após trilhões de anos, o grande Cthulhu estava à solta novamente.

And now great Cthulhu was ravening for delight.

E agora o grande Cthulhu estava ávido por prazer.

Three men were swept up by the flabby claws before anybody turned.

Três homens foram agarrados pelas garras flácidas antes que alguém se virasse.

God rest them, if there be any rest in the universe.

Que Deus os acolha, se é que existe algum descanso no universo.

Let it be known that their names were Donovan, Guerrera and Angstrom.

Que fique registrado que seus nomes eram Donovan, Guerrera e Angstrom.

Parker slipped as he was trying to make his escape.

Parker escorregou enquanto tentava escapar.

The other three were plunging frenziedly back to the boat.

Os outros três mergulhavam freneticamente de volta para o barco.

They ran over endless vistas of green-crusted rock.

Eles correram por intermináveis extensões de rocha cobertas de crosta verde.

Johansen swears he was swallowed up by an angle of masonry.

Johansen jura que foi engolido por um ângulo de alvenaria.

An angle which shouldn't have been there.

Um ângulo que não deveria estar ali.

An angle which was acute, but behaved as if it were obtuse.

Um ângulo que era agudo, mas se comportava como se fosse obtuso.

Only Briden and Johansen made it back to the boat.

Apenas Briden e Johansen conseguiram voltar para o barco.

The two men had a moment of good fortune.

Os dois homens tiveram um momento de boa sorte.

The mountainous monstrosity flopped down on the slimy stones.

A monstruosidade montanhosa caiu sobre as pedras viscosas.

And the beast hesitated floundering at the edge of the water.

E a fera hesitou, debatendo-se na beira da água.

The steam boat had not entirely run out of hot coals.

O barco a vapor ainda não tinha ficado completamente sem carvão em brasa.

Despite the departure of all men for the shore.

Apesar da partida de todos os homens em direção à costa.

Feverishly the two men rushed up and down between wheels.

Os dois homens corriam febrilmente de um lado para o outro entre as rodas.

It was the work of only a few moments to get the engine going.

Bastaram alguns instantes para o motor funcionar.

Amidst the distorted horrors of that indescribable scene.

Em meio aos horrores distorcidos daquela cena indescritível.

Slowly their boat began to churn the lethal waters beneath her.

Lentamente, o barco começou a agitar as águas letais sob seus pés.

And they moved along the masonry of that charnel shore.

E eles se moviam ao longo da alvenaria daquela margem ossuda.

That strange coastline that was not from this world.

Aquela costa estranha que não era deste mundo.

***

The titan Thing from the stars slavered and gibbered.

A criatura titânica vinda das estrelas babava e balbuciava.

Like Polypheme cursing the fleeing ship of Odysseus.

Assim como Polifemo amaldiçoou o navio de Odisseu em fuga.

Then great Cthulhu slid greasily into the water.

Então o grande Cthulhu deslizou oleosamente para dentro da água.

Bolder and more daring than the storied Cyclops.

Mais ousado e audacioso que o lendário Ciclope.

Cthulhu pursued them through the water with cosmic movement.

Cthulhu os perseguiu através da água com movimento cósmico.

Briden looked back from the ship and started laughing shrilly.

Briden olhou para trás, do navio, e começou a rir estridentemente.

From that moment Briden continued laughing at odd intervals.

A partir daquele momento, Briden continuou rindo em intervalos irregulares.

But Johansen had not given up yet.

Mas Johansen ainda não havia desistido.

He knew his ship had no chance of outpacing the thing.

Ele sabia que sua nave não tinha a menor chance de ultrapassar aquela coisa.

So he resolved on taking a desperate chance.

Então ele resolveu arriscar tudo em um risco desesperado.

He loaded the furnace and set the engine for full speed.

Ele carregou a fornalha e ajustou o motor para velocidade máxima.

And then he ran lightning-like on deck and reversed the wheel.

E então ele correu como um raio para o convés e inverteu o leme.

There was a mighty eddying and foaming in the noisome brine.

Havia uma forte agitação e espuma na salmoura fétida.

The steam mounted higher and higher into the sky.

O vapor subia cada vez mais alto no céu.

And the brave Norwegian reversed the course of the chase.

E o bravo norueguês reverteu o curso da perseguição.

Before him rose the unclean froth like the stern of a demon galleon.

Diante dele erguia-se a espuma imunda como a popa de um galeão demoníaco.

He drove his vessel head on against the pursuing jelly.

Ele conduziu sua embarcação de frente contra a água-viva que o perseguia.

The awful squid-head came nearly up to the yacht's bowsprit.

A horrível cabeça de lula chegou quase à proa do iate.

But Johansen drove on relentlessly against the writhing feelers.

Mas Johansen continuou avançando implacavelmente contra as antenas que se contorciam.

There was a bursting as of an exploding bladder.

Houve um estouro, como se uma bexiga tivesse explodido.

There was a slushy nastiness as of a cloven sunfish.

Havia uma sensação viscosa e desagradável, como a de um peixe-lua partido ao meio.

There was a stench as of a thousand opened graves.
Havia um fedor como o de mil sepulturas abertas.
And there was a sound the chronicler did not put on paper.
E houve um som que o cronista não registrou no papel.
For an instant the ship was befouled by an acrid cloud.
Por um instante, o navio foi tomado por uma nuvem acre.
The green cloud blinded Johansen and the mad man.
A nuvem verde cegou Johansen e o louco.
And then there was only a venomous seething astern.
E então, só se ouviu um zumbido venenoso na popa.
But God in heaven! What the two men saw next;
Mas, meu Deus! O que os dois homens viram em seguida;
The scattered plasticity of that nameless sky-spawn.
A plasticidade dispersa daquela criatura celeste sem nome.
The injured thing was nebulously recombining.
A coisa ferida estava se recombinando de forma nebulosa.
Soon Cthulhu would be back in its hateful original form.
Em breve, Cthulhu retornaria à sua odiosa forma original.
But their distance was widening with every second.
Mas a distância entre eles aumentava a cada segundo.
The ship was gaining impetus from its mounting steam.
O navio estava ganhando impulso graças ao aumento da
pressão do vapor.
And eventually the cursed city was over the horizon.
E, por fim, a cidade amaldiçoada surgiu no horizonte.

***

He did not try to navigate after their lucky escape.
Ele não tentou navegar depois de terem escapado por pouco.
His reaction had taken something out of his soul.
Sua reação lhe roubou algo da alma.
He spent his time brooding over the idol in the cabin.
Ele passava o tempo refletindo sobre o ídolo na cabana.
He looked after the laughing maniac in the boat.
Ele cuidou do maníaco que ria no barco.
And he attended to a few matters such as food.

E ele cuidou de alguns assuntos, como a alimentação.
Then came the storm of April 2nd.
Então veio a tempestade de 2 de abril.
On that day clouds gathered over his consciousness.
Naquele dia, nuvens se acumularam sobre sua consciência.
There is a sense of pure and refined delirium.
Há uma sensação de delírio puro e refinado.
Spectral whirling through liquid gulfs of infinity.
Turbilhão espectral através de abismos líquidos do infinito.
Dizzying rides through reeling universes on a comet's tail.
Viagens vertiginosas por universos vertiginosos na cauda de um cometa.
Hysterical plunges from the pit to the moon.
Mergulhos histéricos do abismo à lua.
And he plunged back again from the moon to the pit.
E ele mergulhou de volta da lua para o abismo.
A cachinnating chorus of the distorted, hilarious elder gods.
Um coro estridente de deuses ancestrais distorcidos e hilários.
And the green bat-winged mocking imps of Tartarus.
E os diabinhos zombeteiros de asas de morcego verdes do Tártaro.
Out of that dream came rescue; the ship Vigilant.
Desse sonho surgiu o resgate: o navio Vigilant.
The vice-admiralty court and the streets of Dunedin.
O tribunal do vice-almirantado e as ruas de Dunedin.
The long voyage back home to the old house by the Egeberg.
A longa viagem de volta para casa, para a antiga casa junto ao Egeberg.
He could not tell anyone of what he had seen.
Ele não podia contar a ninguém o que tinha visto.
Had he told the truth they would have thought he had gone mad.
Se ele tivesse dito a verdade, teriam pensado que ele tinha enlouquecido.
So he secretly wrote of what he knew before death came.
Então, ele escreveu secretamente sobre o que sabia antes de morrer.

"Death would be a boon if only it could blot out the memories."
"A morte seria uma bênção se pudesse apagar as memórias."
That was the document Johansen left behind.
Esse foi o documento que Johansen deixou para trás.
And now I have placed this document in the tin box.
E agora coloquei este documento na caixa de lata.
In the box is also the dream carved bas-relief.
Na caixa encontra-se também o baixo-relevo esculpido do sonho.
And I have included the papers of Professor Angell.
E incluí os documentos do Professor Angell.
With this box shall go this record of mine.
Junto com esta caixa irá este meu disco.
These notes have become a test of my own sanity.
Estas anotações se tornaram um teste à minha própria sanidade.
But I hope my discoveries are never be pieced together again.
Mas espero que minhas descobertas nunca mais precisem ser reunidas.
I have looked upon all that the universe has to hold of horror.
Contemplei tudo o que o universo tem de horror.
But now even the skies of spring are darkness to me.
Mas agora até mesmo o céu da primavera é escuridão para mim.
Even the flowers of summer are forever poison to me.
Até mesmo as flores do verão são para sempre veneno para mim.
But I do not think my life will be long.
Mas não acho que minha vida será longa.
As my uncle went, so shall my end come.
Assim como meu tio se foi, assim será meu fim.
As poor Johansen went, so shall my time come.
Assim como o pobre Johansen se foi, assim chegará a minha hora.

I know too much, and the cult still lives.
Eu sei demais, e a seita ainda existe.
Cthulhu still lives, too, I can only suppose.
Cthulhu também ainda vive, eu só posso supor.
I assume Cthulhu is again in that chasm of stone.
Presumo que Cthulhu esteja novamente naquele abismo de
pedra.
The city which has shielded him since the sun was young.
A cidade que o protegeu desde que o sol era jovem.
I know his accursed city is sunken once more.
Sei que sua cidade maldita afundou mais uma vez.
**The crew of the Vigilant sailed over the spot after the April
storm.**
A tripulação do Vigilant navegou sobre o local após a
tempestade de abril.
But his ministers on earth still worship his return.
Mas seus ministros na Terra ainda veneram seu retorno.
In lonely places they congregate around their idol.
Em lugares isolados, eles se reúnem em torno de seu ídolo.
And they bellow and prance and slay in satanic ritual.
E eles berram, desfilam e matam em rituais satânicos.
**He must have been trapped by the sinking of his black
abyss.**
Ele deve ter ficado preso pelo afundamento de seu abismo
negro.
**Or else the world would by now be screaming with fright
and frenzy.**
Caso contrário, o mundo já estaria gritando de medo e frenesi.
Who knows how the end will come about?
Quem sabe como será o fim?
What has risen may sink, and what has sunk may rise.
O que subiu pode descer, e o que desceu pode subir.
Loathsomeness waits and dreams in the deep.
A repugnância espreita e sonha nas profundezas.
And decay spreads over the tottering cities of men.
E a decadência se espalha pelas cidades cambaleantes dos
homens.

A time will come where that city rises out the sea again.
Chegará o tempo em que essa cidade ressurgirá das cinzas do
mar.
But I must not think about when that day will come!
Mas não devo pensar em quando esse dia chegará!
I have one prayer if this manuscript outlives me.
Só tenho uma prece: se este manuscrito sobreviver a mim, só
me resta uma oração.
I pray my executors put caution before audacity.
Rezo para que meus executores testamentários priorizem a
cautela em vez da audácia.
I pray this manuscript meets no other eyes.
Rezo para que este manuscrito não chegue a mais ninguém.

***

**Found among the papers of the late Francis Wayland
Thurston, of Boston.**
Encontrado entre os papéis do falecido Francis Wayland
Thurston, de Boston.